講開有段古：老餅潮語 II

蘇萬興 編著

中華書局

自序

俗語，今亦稱為「潮語」，即當時民間常用之語句。廣州話俗語出處非常不簡單，有些是過去中原文化的承傳，有些則源於古代神話、人物，亦有源於當時社會背景的，非常有趣。俗語反映了當時的社會現象，但亦會隨着時代的變遷而消逝。

幾年前，不時聽到「屈機」、「〇咀」等詞語，本人對這些潮語的起源和用意不甚了了，但卻對它們能夠流行普及於年青社群的日常生活，感到好奇。因此我忽發奇想，不如把當年父輩及在五六十年代流行的俗語寫下來，以免失傳。

《講開有段古——老餅潮語》出版後，頗受歡迎，應出版社要求，再搜集了一百多個廣東話俗語，公諸同好，亦藉此作為一個記錄。廣東話俗語很多，當中以「歇後語」形式出現的則佔大部分，如「老鼠尾生瘡——大晒有限」等，這類比較直接明瞭的，均不收錄在本書內。另外，有些難以考究來源的，亦沒有選錄，如「冇瓜搵個茄嚟夾」，意思是自尋煩惱，但為何扯上瓜和茄呢？再強調指出，書中所述及的詞句，部分寫法及讀音未能考證，故只取其音或義，請有識者指正。在搜集和整理俗語的過程中，參閱了不少前輩的著作，亦得到不少好友相助，在此一一謝過。

蘇萬興

目錄

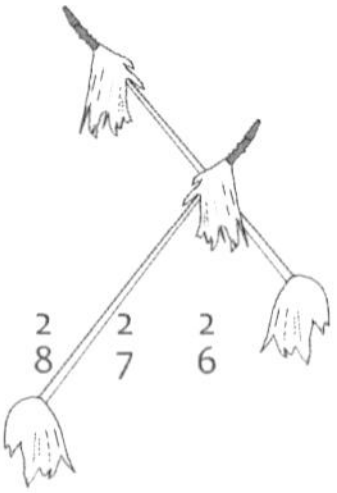

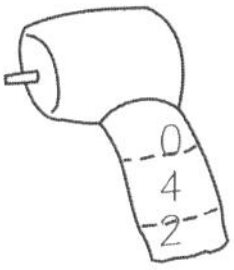

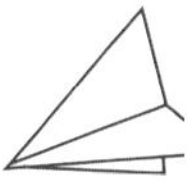

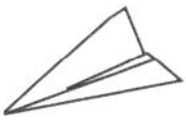

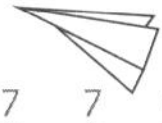

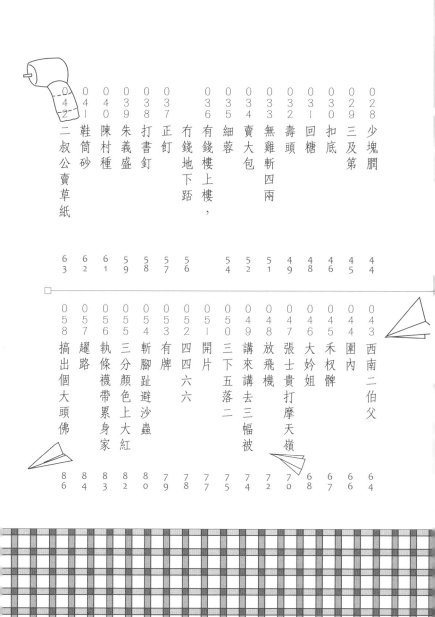

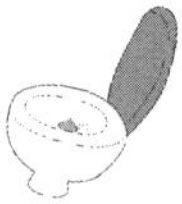

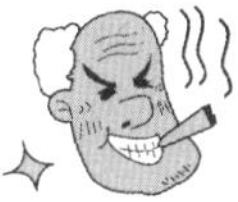

001

人心不足蛇吞象——過分貪婪。

jɐn4 sɐm1 bɐt1 dzuk1 sɛ4 tɐn1 dzœŋ6

上次借咗我部相機都未還，而家又問我借電腦，真係人心不足蛇吞象。

語出《山海經・海內南經》：「巴蛇食象，三歲而出其骨。」中國古代傳說中有相傳能吞食大象的蛇，經過三年，象的骨頭才被吐出。後世將這種以小吞大的情形，用來比喻人心的貪婪無度。另有一說：從前有個小孩名叫阿象，父親早逝，母子相依為命，生活全靠象母為人縫補衣服的微薄收入維持。阿象年紀漸長，母親送他上學，在路上看到一條小青蛇，扭曲着身軀在地上爬着，阿象把牠檢起，帶到學堂，藏在自己的抽屜裏。從此，阿象每天上學都會順便餵餵這小青蛇，就這樣阿象和小青蛇一起漸漸長大了。

後來阿象輟學去替人家幹農活，青蛇便住到阿象的家中。由於象母年事已高，且得了一種肝痛症，時癒時發，痛起來有如刀割。有一天，象母病發，一個能醫疑難雜症的和尚到了阿象所住的村中，阿象請他為其母診治。和尚把脈診斷後，給阿象開了一張藥方，稱按方執藥，並以蛇肝作藥引即可。阿象執藥後卻苦無蛇肝作藥引，於是想起青蛇，阿象對青蛇說要進入牠體內割取蛇肝，青蛇馬上把嘴巴張大。阿象得以進入它的體內取肝，青蛇忍住劇痛，始終沒有合上嘴巴。

象母吃了蛇肝配藥後，果然痊癒。然而，阿象卻擔心若日後青蛇死去而母親再次犯病，大蛇的肝難覓，不免對母親病情有所影響。於是便決定再進入青蛇體內取蛇肝，以備日後配藥。他再次拿起刀，逼青蛇張大嘴巴，讓他進入腹中割取蛇肝。他割了一片又一片。青蛇痛極了，可是阿象還不肯出來。最後，青蛇痛得別無他法，只得狠心地把嘴巴一閉，把阿象悶死在腹中了。後人借這個故事來形容貪心的人，稱為「人心不足蛇吞象」。

002 雞碎咁多——所得有限。

gɐi1 sœy3 gɐm3 dɔ1

做咗成日，都係搵得啲雞碎咁多，要慳啲使。

雞碎，應為雞嗉，音「歲」或「素」，是雞隻、鳥類食管後段暫存食物的囊，形如袋，容量極小。潘岳《射雉賦》：「裂嗉破嘴」；《爾雅・釋獸》：「鳥曰嗉」注：「咽中裹食處」。《爾雅・義疏》：「嗉者，素也。素，空也。空其中以受實。」都是形容其量極少。

003 田雞東——各顧各。

tin4 gɐi1 duŋ1

呢餐飯大家唔使爭找數，一於田雞東，各顧各。

田雞的叫聲有如「各」，「東」是指東道主，亦簡稱為「東道」，即請客之人。田雞東即各自出錢，無人做東道主之意。東道主一詞源於《左傳・僖公三十年》，記載了春秋時期秦晉圍鄭，鄭派燭之武說秦退軍的故事。燭之武對秦穆公道：「若舍鄭以為東道主，行李之往來，共其乏困，君亦無所害。」意思是：秦如果不滅掉鄭國，而讓它成為東方道上的主人，秦國使者來來往往，缺乏的資財食用，由鄭來供應，這對秦也沒有什麼壞處。秦聽從其言撤軍。鄭在秦以東，故稱「東方道上的主人」。後來，「東道主」便成了一個名詞，泛指居停之所的主人或以酒食請客的人。

004 騎呢 kɛ^{4} nɛ^{4}——舉止奇特。

此人衣冠不整，配搭與別不同，行為舉止奇特，好騎呢。

騎呢，應為騎籬蟈。騎籬蟈是一種經常在籬笆頂棲息的蛙類，腰長腳曲，背部有黑斑點，咀闊眼突，樣貌奇醜。一九三三年出版、孔仲南所著的《廣東俗語考》卷十六中有述：「蟈，讀若拐，蛙別名……色青小形而長腰，即騎籬蟈也，因其好騎籬，故名。」因「蟈」音讀「怪」，所以粵人稱之為「騎呢怪」，並以此形容衣着打扮突兀或不得體，又或指舉止笨拙、性格古怪的人士。

005 好牛使崩鼻

hou² ŋɐu⁴ sɐi² bɐŋ¹ bei⁶

——冇得休息，操勞過度。

佢雖然好勤力，肯捱肯做，但係都要俾佢唞下嘅，因住好牛使崩鼻。

牛隻是昔日鄉間的主要勞動力，能拉車，能耕田。為了控制牛隻，主人會在牛隻的鼻骨處穿一個洞，扣上一個鐵環，用繩綁上，方便將牛隻拉來拉去。如果牛隻太累，不肯移動，仍勉強地用力拉，拉得多可能會將牛鼻拉崩。今天香港已無牛隻在耕田，不少曾經是主要勞動力的牛隻都已被放生棄養。如今在郊區見到的牛隻鼻部都無鐵環，牠們應是以前被放生牛隻的後代吧！

006 騎牛遇親家——出醜偏遇熟人。

kɛ4 ŋɐu4 jy6 tsɐn1 ga1

平時出門着得斯斯文文就冇人見到，今日牛記笠記出街，就撞到熟人，真係騎牛遇親家。

「騎牛遇親家」之句見於《雜纂新錄・掃興》：「騎馬沒闖着親家，挑擔偏闖着親家。」意即有錢時騎馬出門，沒人看到，現在沒錢買馬，只好以耕田之牛代步，就被人碰到，有失面子。

親家，咁啱嘅？
親家！乜真係咁啱呀？

007

牛死送牛喪——雙重損失；求之心安。

ŋɐu⁴ sei² suŋ³ ŋɐu⁴ sɔŋ¹

架老爺車半路中途跪低，要搵拖車拖走，車房話冇得整，重要貼錢劏車，今次真係牛死送牛喪。

牛用來耕田，是農民家中的財產。牛一旦死去，不但失去財產和生財工具，還要將牛殮葬，再花一筆金錢，雙重損失。但「牛死送牛喪」並不是只適用於雙重損失，有時因為後一種損失而解決了前一種損失，也可稱為「牛死送牛喪」。

008

老貓燒鬚

lou^5 $mɐu^1$ siu^1 sou^1

——錯失，失手。

做咗幾十年伙頭，今日竟然煲燶飯，真係老貓燒鬚。

貓在冬天寒冷時，很喜歡靠近爐灶取暖。或者在柴火熄滅後，伏在爐灶取暖。因為如此，有時會搞到周身污糟，所以就有「污糟貓」一詞出現。

貓既然懂得靠近火爐取暖，就應該懂得避免被火焰燒灼。特別是老貓，經驗豐富，卻竟然也避免不了被燒去貓鬚，那應該是失手了。

009

白鴿轉 bak[6] gεp[3] dzyn[2]——原地打圈，繞個小圈。

後日我請假，準備走去廣州打個白鴿轉。

「白鴿轉」來自白鴿的生活習性。白鴿是群居動物，當雄性白鴿動情，想討好雌鴿時，就會在雌鴿面前不斷地轉圈，來吸引對方。「白鴿轉」便由此而來。

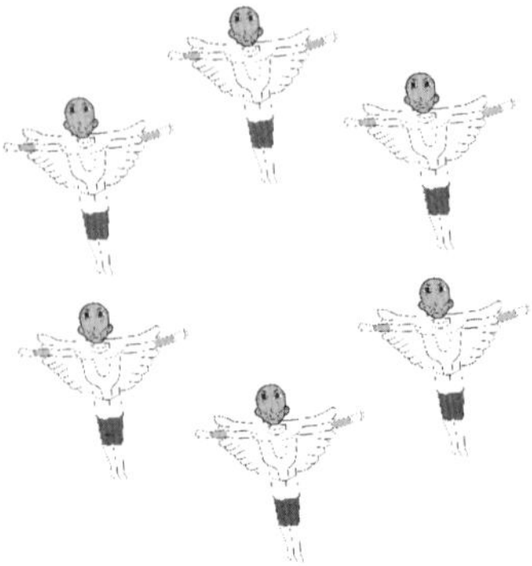

010 白鴿眼 bak6 gεp3 ŋan5

——睇人唔起。

着得光鮮啲，呢度啲人好白鴿眼。

另有一句和白鴿有關的俗語是「白鴿眼」。據說如果養白鴿的人，家財興旺，別人所養的白鴿會跟着你養的白鴿飛來你家中，反之，你的白鴿也會跟着別人的白鴿飛走。因此有人說白鴿非常勢利。由於白鴿的眼生得比較高，好像整天都向上望，有看不起人的模樣。因此用「白鴿眼」來形容心高氣傲的人。其實還有一句俗語與白鴿有關，就是「白鴿籠」，此語乃昔日香港人擠迫居所的寫照。以前新界有乳鴿養殖場，整個養殖

場是分成一小格一小格的白鴿籠，密密麻麻的，每格只放一隻鴿，所以白鴿並無活動空間。一九六〇年代時，香港的居住問題非常緊張，到處都是白鴿籠式的「床位公寓」。一九六三年《新生晚報》如此描寫：「床位公寓有如白鴿籠，每一床位闊約二呎半，長約六呎，每床設有三格，可住三人。有的甚至分上、下班出租，以便可以同一個床位，分別租予上日班和夜班的兩人互相交替租住。」這些白鴿籠後來被稱為「籠屋」。當年的白鴿籠環境比今天的「劏房」還不如呢。

011

劏死牛——打劫。

tɔŋ^1 sei^2 ŋɐu^4

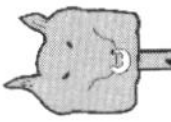

上個星期日一個人行山，俾人劏死牛，手機銀包全部冇晒。

牛是農業社會中很重要的勞動力，很多粗重的農活都要靠牛來完成，所以健壯的牛，不會被人拉去宰殺，如果要宰牛作烹食，就要先使牛隻失去反抗能力，才可以進行。賊人打劫時會用武力威脅，使當事人失去反抗能力，此即為「劏死牛」。

012 雞擔卦

gei^{1} dam^{1} gwa^{3}

——小生意，賴以餬口。

擺檔攤賣吓鹹脆花生，勉強夠開飯，雞擔卦啫。

以前街上有睇相佬開檔，以卜「雀仔卦」為生。卜者以小籠關着文雀，有人光顧，卜者便開籠放出文雀，文雀在一排卦中啣出一張，卜者餵以穀粒，文雀跳回籠內。卜者就會將該卦解釋給客人聽，賺些少費用。廣府人將「啣」這動作講成「擔」，「文」、「雀」（鸟）二字合起來成簡寫的「鸡」字，因此戲稱為「雞擔卦」。「雀仔卦」實在是占卜行業中的小兒科，因此「雞擔卦」成為不成氣候的小生意的俗稱。

013

文雀 —— 扒手。

mɐn^4 dzœk^3

睇實自己荷包，呢度好多文雀。

「文雀」即扒手。昔日街上有睇相佬以卜「雀仔卦」為生。有人幫襯時會將雀仔從籠中放出，雀仔稱為「文雀」，文雀就會在一排卦中啣出一卦，「啣卦」速度很快，正與扒手下手偷錢之迅速吻合，因此以文雀來比喻扒手。

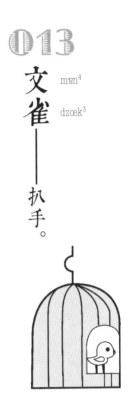

014 扮蟹——被捕。

ban6 hai5

前兩日有班賊走嚟偷嘢，俾保安見到報警，差人到場，人贓並獲，全部扮晒蟹。

蟹是橫行之物，有爪有螯，被捉到之時，蟹販會用水草將其綑綁，一來免走失，二來保留其體力，免肉質受損，三來免傷人。昔日有人犯法被捕，亦會被五花大綁，送到衙門，有如綁蟹，扮蟹來源於此。

015 啱線 ŋam1 sin3 —— 剛剛好。

正想搵你飲茶，竟然喺呢度撞到，真啱線。

粵曲有各種梆黃板腔、工尺譜。中樂師在演奏前，彼此要調校樂器的絃線，免得音調不對。絃樂多是兩條線，一條「合」線，一條「尺」線，雙絃譜中之「合尺線」只有五個音階：「合士乙上工」，樂師一邊調校絃線，一邊猛拉猛彈，發出「何車、何車」之聲。校好絃線，兩人對準音調，就叫「啱線」，即是剛剛好。而另一句俗語：「合晒何車」亦因而產生。也有一句「啱 Key」，字面意思看似一樣，但「啱 Key」更傾向同聲同氣的意思。

016

耍花槍 sa² fa¹ tsœŋ¹——打情罵俏。

唔好以為佢兩公婆嗌交，其實係耍緊花槍。

「耍花槍」其實是一種舞台上的演出，花槍是一條木造的長槍，槍頭是鈍的，槍身纏以花布，所以稱為「花槍」。表演時兩人互持花槍對打，只注重花式，並非真的打個你死我活，形容夫妻或情侶間的吵鬧，只是小打小鬧，並非真的翻臉，有如「耍花槍」。

一吓~~ 隻手掌吓手掌~~
拍唔響~~
吓~~
篤撐
篤撐
篤篤撐

017

撞板 dzɔŋ6 ban2——做錯，碰壁。

睇多兩眼呀，唔好又試撞板。

「撞板」不是撞向木板，而是與粵曲中的丁板有關。傳統粵曲講求的節奏稱為「丁板」。如果唱曲的人不按節奏唱，便會撞「丁板」。唱啱節奏，就稱為「有板有眼」。後來廣府人將闖禍或者遇事不順亦喻為「撞板」。

018 食大圍 sik6 dai6 wei4——公家出錢。

今晚食大圍，飲多幾杯！

「食大圍」即食公家，源於舊日香港戲班生活。「圍」指席或桌子，「開枱圍埋食飯」。戲班開伙食，老倌的一圍叫「大圍」，樂師打雜的一圍就叫「細圍」。以前傳統戲班開飯，班主只供應大鑊飯，餸菜各人自備。一九五〇年代初，香港粵劇非常蓬勃，班主賺到錢，除供應大鑊飯外，亦供應餸菜。「大圍」三餸一湯，「細圍」兩餸一湯。「食大圍」等於食公家。

019

大花面抹眼淚——離行離迾。

dai6 fa1 min6 mut3 ŋan5 lœy6

應該將個波大腳傳中，點知佢就斬咗落底線出界，真係大花面抹眼淚，離行離迾。

大花面是粵劇中的一個行當。粵劇的行當分工最初仿效湖廣漢劇班，分為末、淨、生、旦、丑、外、小、貼、夫、雜十個行當。「大花面」就是指粵劇「淨角」的一張臉，因這類角色多為粗獷剛強的人物，因此演員臉妝往往色彩較豐富以凸顯其鮮明個性，眼睛及嘴巴附近會塗上黑色，眉毛亦會畫得長長的並向上翹起以表現威嚴。當劇情需要抹眼淚時，大花臉不能用手真的抹臉，要離臉隔空假意地抹。「離行離迾」即離開行列，也比喻做事離開了規範。

020

收 sɐu⁴ 科 fɔ¹ ——結束。

而家亂哂大籠，問你點收科？

「科」，原指戲劇中人物動作的結束，亦指戲劇的結尾。故收科則是結束人物動作或完場。如果安排出錯就「收唔到科」。另外還有一句「煞科」，意即最後一場演出，亦源出於此。

021 做場大龍鳳——合謀，熱鬧。

dzou6 tsœŋ4 dai6 luŋ4 fuŋ6

阿陳仔今晚娶老婆，我哋一於做場大龍鳳賀一賀佢。

此語出自香港早期一個著名大戲班「大龍鳳劇團」。「大龍鳳劇團」成立於一九六〇年代初，由何少保擔任班主，鳳凰女及麥炳榮擔綱，演出過著名粵劇《鳳閣恩仇未了情》、《百戰榮歸迎彩鳳》、《刁蠻元帥莽將軍》及唐滌生所編撰的《韓信一怒斬虞姬》，大受歡迎，成為當時的粵劇班霸。廣東大戲，是糅合唱做唸打、樂師配樂、戲台服飾、抽象形體等等的表演藝術，每台大戲演出之前，都需要綵排，以及多方的配合。

因此，後來引申出暗喻、虛擬、假定的意思，更以當時最得令的戲班之名「大龍鳳」作為合謀、熱鬧等的代名詞。

022

啱橋 ŋam1 kiu4——合得來，同聲同氣。

你唔怕辣，我怕唔辣，真啱橋，今晚一於嚟個麻辣火鍋。

「橋」即橋段，指在作品中的一種表現手段，常見於電影或戲劇中。「啱橋」即大家的手法都一樣，合得來。

023

二打六 ji^6 da^2 luk^6 ——無關重要，閒角。

阿陳做咗咁多年，都係二打六，上唔到位。

「二打六」，即二搭六，「搭」是加上，廣府話讀為「打」，二打六加起來即是八，不夠十足十，所以引申為可有可無。另有一說來自戲班，一斤有十六兩，二打六只得八兩，戲班中人，喜把一些閒角，不太重要的人稱為「二打六」，意指他們「不夠斤兩」也。

024 荷蘭水蓋

hɔ4 lan4 sœy2 kɔi3

——勳章。

佢打仗時立過功，所以政府頒個荷蘭水蓋俾佢。

所謂「荷蘭水蓋」即汽水蓋。汽水是在一瓶二氧化碳的水溶液，把大約二至三大氣壓的二氧化碳密封在糖水裏，當中有部分的二氧化碳氣體溶解在水中，並於水中形成碳酸，而汽水給人的那種刺激味道便是水中含有碳酸的緣故。由於汽水最早在十九世紀五十年代，由一艘荷蘭貨船運來香港，汽水便被稱為「荷蘭水」，汽水蓋亦被稱為「荷蘭水蓋」。汽水蓋是玩具，荷蘭水蓋的底部是水松，小心翼翼地把水松完整起出來，

然後將汽水蓋放於衫的正面，再於衫的反面將水松壓入汽水蓋的位置，那便可以將汽水蓋扣在衫上，一連幾個，有如勳章，當裝飾用。故今天以「荷蘭水蓋」形容勳章，便是源出於此。另一種玩法多為男童喜愛，首先將已取出水松的汽水蓋灌以蠟，使其增加重量，稱為「蠟雞」，玩的時候，先在地上劃一個圈，每人把若干個汽水蓋放在圈內，然後輪流用中指及拇指將「蠟雞」彈出，若可將圈內的汽水蓋撞出界外，便可取去界外的汽水蓋，獲得最多蓋者為勝。現在的汽水蓋已沒有使用水松，故此種玩意亦告沒落了。

荷蘭水蓋

025

下欄嘢——次要，剩餘。

ha6 lan4 jɛ5

做嚟做去都係啲下欄嘢，真係冇癮。

「下欄」出自戲班「下欄人」，是指在戲班中較次要的角色，包括演兵卒、家丁的「手下」，閒角的「拉扯」及演侍婢、宮女和女兵的「梅香」等。亦有一說是廚師用剩的廚餘，例如一些肉的肥脂、骨頭，以及菜莖、菜頭等，皆稱為「下欄」。

026

賣剩蔗——冇人要。

mai^{6} dziŋ^{6} dzε^{3}

睇佢皮黃骨瘦，面青唇白，邊有人會娶佢吖，實行賣剩蔗都得喇。

昔日港人喜歡食蔗，因為蔗便宜，而且一年到晚都有售，特別在看電影時，更會人手一條，邊看邊咬蔗。生果檔主會先將甘蔗斬去蔗尾，然後將甘蔗分為約一呎一條，排放在木頭車上，供顧客選購。選好後，生果檔主會用蔗刨將堅硬的蔗皮刨去，然後客人就可直接用口嚼咬甘蔗，吸取蔗汁，然後吐出蔗渣。挑蔗要留意，一要選蔗頭，因為夠甜；二蔗身要有足夠的重量；三蔗節要少，因為蔗節很硬，不易咬開。那些接近蔗尾或者蔗節較多的甘蔗，便稱為「賣剩蔗」，沒人肯要。

027 蒸生瓜——侲侲地。

蒸 dziŋ1 生 sɐŋ1 瓜 gwa1

係公眾場所大聲講，大聲笑，不顧禮儀，正一係蒸生瓜。

「侲」粵音讀「腎」，出自《後漢書・禮儀志》卷五：「選中黃門子弟年十歲以上，十二以下，百二十人為侲子。皆赤幘皁制，執大鞀。」意即選中兒童裝扮成神靈，以驅疫逐鬼。這些「侲子」有如神靈上身，表現出半瘋半顛的神態。後來以「侲侲地」來形容這種狀況。未蒸熟的瓜咬下，不軟不硬，廣府人稱之為「腎」，「蒸生瓜」的來由便是於此，但通常用來形容女子。此等女子江南地區方言稱之為「十三點」。

028

少塊膶（siu2 fai3 jœn6）——偄偄地，行爲怪異。

此人舉止癲癲廢廢，正一少塊膶。

廣府人喜歡食及第粥，所謂及第，其材料主要有數種：豬腰、豬肝、豬心和豬粉腸，即豬雜也。豬腰又稱豬腎，豬肝又稱豬膶。大多數人都喜歡食豬膶，有時粥店更會因為生意好，以致豬膶一早便售罄，但亦有人不喜歡豬膶的苦味，要求去掉豬膶，粥檔只好增加豬腰的份量，以代替豬膶。因而產生了這句俗語。「少塊膶」，即多了腎（偄）。

029 三及第 sam1 gap6 dai6——樣樣唔同。

唔識用炭爐煲飯，搞出個三及第。

豬的內臟，稱為「豬下水」，即豬雜，以前無人食用，但為何名為及第？則有多個説法。其中一個和倫文叙有關。倫文叙是明朝廣東人，幼時家中甚貧，以賣菜為生。其菜檔隔壁有豬肉檔，倫文叙有空時會幫肉檔老闆做些雜務，老闆不時將一些沒有人買的「豬下水」送予倫文叙，着他帶回家中食用。後來倫文敍高中狀元，皇帝賜封為「狀元及第」，回鄉祭祖，心念肉檔老闆贈食之恩，重回故地感謝老闆當年贈予豬雜佐膳，方能高中狀元及第。後來豬雜被稱為「及第」，成為「豬下水」的雅稱。及後，當有不同的物體混和在一起，亦稱為「及第」，例如煮飯，上面生，中間熟，下面燶，稱之為「三及第飯」；一篇文章，分別以文言文、白話、方言寫作，亦稱為「三及第文章」。

030

扣底 keu³ dei² ——要餸唔要飯。

伙記，雞鵝飯扣底，唔該！

二戰結束，香港和平後初期，百業蕭條，政府收入大減，戰後第一份是赤字預算案，赤字高達預算開支的百分之六十九點四。因此港府於一九四六年十二月二日開徵飲食稅。除了一般碟頭飯外，所有茶樓酒館的各式小菜均要徵收特別稅項。如此一來，茶樓酒家的生意大減。為了避稅，有人想出一個方法，例如想吃燒鵝，就叫一碟燒鵝飯，但聲明「扣底」，即只要燒鵝，不要白飯，這樣既可避稅，又可吃到大碟燒鵝。直至後來港府收入好轉，飲食稅才取消。到了一九六〇年代，一般打工仔食飯不但不「扣底」，反而要「加底」，即加多些白飯才夠飽。

031

回糖 wui4 tɔŋ4 ——倒退，大不如前。

佢以前好好記性，而家樣樣都唔記得，回晒糖。

回糖，原指甘蔗等含糖植物過了成熟期不及早收割的話，會導致糖分逐漸消失。如今借指人的能力、技藝達到一定的水準之後，會因為年紀等原因，出現倒退現象，大不如前。

032

壽頭 seu6 teu4 —— 愚蠢。

睇佢一碌木咁，無啲醒目，叫都唔識郁，正一壽頭。

「壽頭」一詞與祭祀有關，也源於豬頭。清吳谷人《新年雜詠》中記：「杭俗，歲終禮神尚豬首，至年外猶足充饌。定買豬頭在冬至前，選皺紋如『壽』字者，謂之『壽字豬頭』。」豬被認為蠢，豬頭更被視為極蠢之物。所以「壽頭」一詞，即隱指「豬頭」。

壽頭詩

癡癡呆呆，
坐埋一枱。

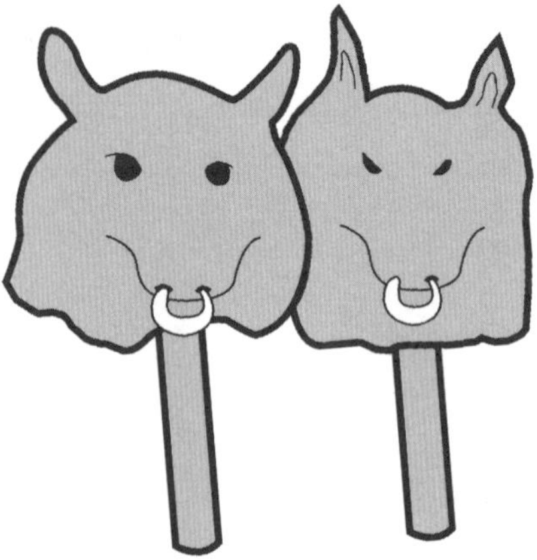

成雙成對，
豬皮脆脆。

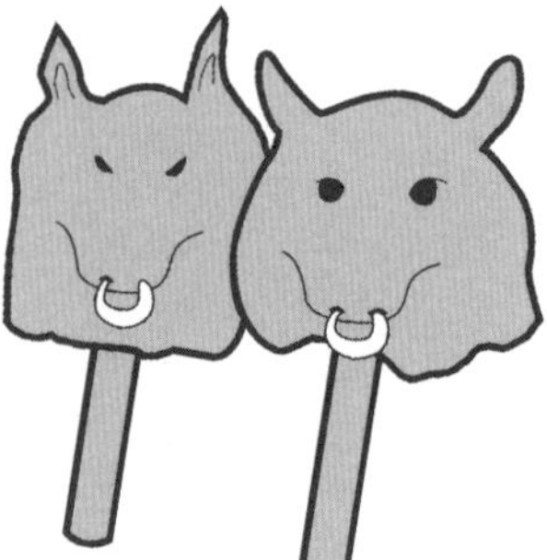

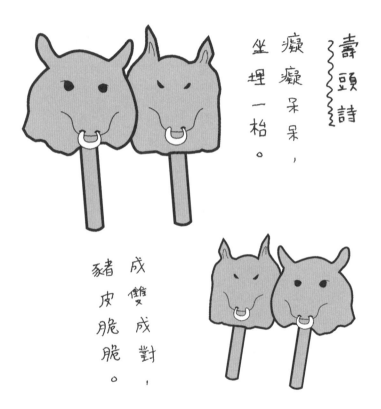

033

無雞斬四兩

mou⁴ gɐi¹ dzam² sei³ lœŋ⁵

——無中生有，整色整水，充闊佬。

咪睇佢周身名牌，其實都係山寨貨，正一無雞斬四兩。

「無雞斬四兩」，來自昔日廣州西關。西關曾是旗人聚居之地，但民國建立以後，旗人失去靠山，家道中落，但他們還是積習難改，時常炫耀。有一位旗人，沒錢開飯，經常以番薯充飢。每當聽到街上叫賣煨番薯，就會下樓買來當飯食，但又怕鄰居譏笑他寒酸，所以他下樓時總會大聲叫：「本少爺出街加料，斬番四兩先！」不知道他的底細，以為他真的去斬四兩油雞、叉燒或燒鴨，怎料跟着他去，卻見到他鬼鬼祟祟地轉到街角，向小販買四兩煨番薯。於是「無雞（都可以）斬四兩」這句俗話也就傳了開去，指人無中生有，整色整水，充闊佬。

034

賣 mai6 大 dai6 包 bau1——大減價，折讓。

今日賣大包，全場貨品，照價五折！

「賣大包」即大減價，大特價。此語與茶樓點心有關。一九二〇年代，廣州有間茶樓，為了招徠顧客，推出一種「大件夾抵食」的大包益街坊，此大包有一隻碗那麼大，肉餡豐富，有雞肉、叉燒、鴨蛋、燒肉、燒鴨、筍片等。大包價廉物美，每個只售「二分四銀」，比叉燒包還要便宜，吃一個就飽了，可以省下飯錢，當時吸引了不少茶客，於是「賣大包」成為了流行俗語。由於「賣大包」可以成功吸引顧客，不少茶樓爭相效尤。其中有間茗心茶樓新開張，就在門外豎起橫額：「新開張，賣大包」作招徠，果然吸引不少茶客搶着光顧，要買大包。當茶客發現大包並無特別，餡料亦是一般，正感大失所望之時，突然有人發現大包內有張用紙包着的五元港幣，跟着又有幾名茶客吃到港幣。買大包有錢送的消息傳出，茶樓門口大排長龍，等候大包出籠。影響之下，連香港的茶樓都賣大包，於是大包成為必備點心。大包成本高，利潤低，一九五〇年代，廣州大同酒家曾有一對楹聯：「大包易賣，大錢難撈，針鼻削鐵，只向微中取利；同父來少，同子來多，檐前滴水，幾曾見過倒流？」香港現在還有一兩間茶樓有雞球大包賣，但肉餡已不如從前般豐富，味道也有所不同。

035

細蓉 sɐi³ juŋ⁴——雲吞麵。

我今日唔係好肚餓，整碗細蓉陪下你啦。

雲吞麵最早於清末民初在廣州西關一帶出現，相傳是同治年間從湖南傳入。廣東地區的雲吞麵在行內稱為「蓉」，有「大」、「細」蓉之分。

據說以前的西關大少喜食雲吞麵，但又食得挑剔，每每嫌大碗，食相有失斯文。為了做生意，雲吞麵鋪作出遷就，將麵的分量減半，雲吞數量則不減，稱之為「細用」，與「粗用」對比而言，「粗用」是給粗人吃的。「細用」後來就說成「細蓉」，「粗用」就變成「大蓉」。廿多年前去吃雲吞麵，還有「大」、「細」蓉之分，到如今則已無分大細了。

036

有錢樓上樓，冇錢地下踎——飲茶。

jɐu5 tsin4 lɐu4 sœŋ6 lɐu4 mou5 tsin4 dei6 ha6 mɐu1

有錢樓上樓，冇錢地下踎，我同你都係冇水之人，喺地下搭枱啦。

以前去茶樓飲茶的顧客即使都是一般市民，但當中亦有分別。在那個還沒有冷氣的年代，有些茶樓樓高兩三層，樓上窗戶多，空氣流通，夏天很涼快，不過茶錢稍貴，收三分六厘；而樓下沒窗，較為侷促，茶錢相對較便宜，收二分四厘。所以當時流行着一句俗語：「有錢樓上樓，冇錢地下踎。」還有一種最平民化的茶館只收二厘，就稱為「二厘館」。

037 正飣 dziŋ3 dɛŋ3——主食，主角。

今日啩味豆豉雞，隻雞又瘦又冇味，豆豉重好食過正飣。

「飣」本音「釘」，廣府話將之轉讀為陰去聲，即如「落定」之「定」音。原指盤中陳設的食物。豆豉雞，雞是盤中的主食，即是「正飣」，豆豉是配菜。亦有人將配菜稱為「下欄」，如該碟豆豉雞的豆豉多過雞，就有所謂「下欄多過正飣」之語。此外還有「餖飣」一詞，讀為「豆釘」。唐代《食經》說，將五色小餅堆砌在盒中，即名「餖飣」。五色小餅形小如小指甲，砌成壽桃、桃葉、猴子、山石，為祝壽的禮物。由於餅食形態細小，廣府人將「餖飣」一詞用來稱呼小孩。

038

打書釘——只睇唔買。

da² sy¹ dɛŋ¹

走去書局打書釘，年中都慳番唔少。

「飣」應為「飣」。「飣」指只供陳設的食品，席上客只看陳列出來的花樣，只能看，不能食，是故稱為「看席飣坐」。飣坐者，謂坐而不動。所以站在書局中一味看書而不買，便叫做「打書飣」。

039

朱義盛——以假亂真。

dzy1 ji6 siŋ6

咪睇佢穿金戴銀，其實都係朱義盛，假嘢嚟。

話說在一八二四年，佛山有人名為朱義盛，在筷子路開設第一間「朱義盛號」，以紫銅鍍金製成首飾，不單手工精巧，色澤更與真金無異，又不易變色。並且聲明金飾用紫銅即雷公銅煉成，而工藝細緻幾可亂真，令當時不少買不起真金的平民，紛紛幫襯，大受歡迎。古時嫁娶，無論聘禮，嫁妝等少不了用上金飾，鄉紳巨賈當然穿戴真金，炫耀一番，但對於一般勞苦階層，因經濟緊絀但又不能失禮，才用上朱義盛飾物。於是買不起真金的人，都來幫襯朱義盛了，自始「朱義盛」就成為假金、假貨的代名詞。朱義盛之所以賣假金都做得有聲有色，全因店家誠實，沒有自欺欺人，老老實實賣假貨給顧客。

大家唔使驚唔使慄！
假的真不了！
真的假不了！
朱義盛

040

陳村種——洗腳唔抹腳，係咁扔。

tsɐn4 tsyn1 dzuŋ2

唔問清價錢就買，當啲錢唔係錢，正一陳村種。

有說昔日廣府順德陳村人有種習慣，洗完腳不可以抹腳，只能將腳上下左右出力胡亂晃擺，將水扔乾，否則就會觸衰運。水為財也，胡亂將水扔掉，於是就以此形容花錢沒有節制。陳村種即陳村人之稱謂也。

玩下燒銀紙放鬆下先！
好大壓力呀！
點洗好呢……
老豆大把錢，

041

鞋筒砂——孱清至安樂。

hai[4] tuŋ[2] sa[1]

睇佢有個錢喺袋就身痕，係都要好似鞋筒砂咁孱清至得安樂。

鞋筒，即腳掌穿入鞋內的部分，如果鞋筒有砂，或者有其他異物，就會扎腳，一定要將其孱出來，才會舒服、安樂。《康熙字典・廣韻》：「孱，抒也」。抒，倒出。將金錢比喻為鞋筒砂，要孱清至會安樂。

042 二叔公賣草紙——問心。

ji^{6} suk^{1} $guŋ^{1}$ mai^{6} $tsou^{2}$ dzi^{2}

呢單嘢你有份做？二叔公賣草紙，問心喇！

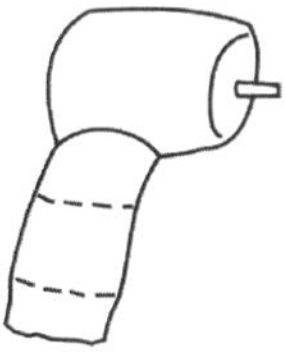

昔日香港的公廁很簡陋，沒有廁紙供應。當時亦未有紙巾，一般人上公廁大解，要自備廁紙，如果忘記帶，最常見的便是以報紙代替。負責清潔廁所的工人，為了方便如廁者之需要，同時又可賺取一些收入，會在公廁門外放一張矮木枱，上面放一疊黃色的玉扣紙，稱為「草紙」，每張大約丁方十英寸左右，每張五分錢，即斗零，以木方壓住。需要買草紙的人放下硬幣，便可自取草紙一張。無人看檔，有否給錢，只有取草紙的人自己才知道。此種經營方法，就稱之為「二叔公賣草紙」。很多俗語都會提到二叔公，例如二叔公割禾——望下橛、二叔公蒔田——聽殃等。

043
西南二伯父——不負責任，得過且過。

sei[1] nam[4] ji[6] bak[3] fu[6]

你教佢，佢反而話你鬧佢，唔好咁勞氣，一於做西南二伯父喇。

晚清時候，廣州西南墟有間神具店，老闆排行第二，年屆花甲，眾皆尊稱他為「二伯父」。二伯父有位老朋友得知他招收學徒，就要求二伯父收其獨生子為徒。但因是獨生子，自幼受父母溺愛過甚，懶散成性，到店習藝後非但劣性未改，反而流連煙花之地。二伯父因其為老朋友之子，不單沒有加以管教，反而不許其他店伴對他加以規勸。三年後其老朋友之子一事無成，二伯父就以三年已滿，可以出師為由將其勸退。但因為該人聲名不好，學藝不精，所以沒有任何店舖肯聘用，浪費了幾年時間。後來有人用「西南二伯父」之詞來形容那些不負責任，只做老好人的人。

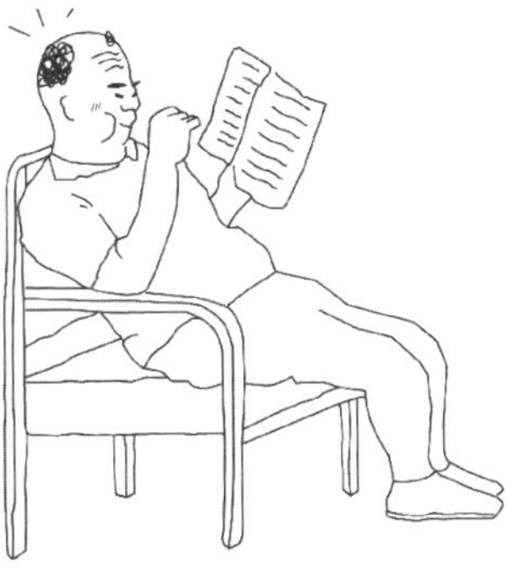

044

圍內——自己人。

wai4 noi6

大家都係圍內，唔使咁計較。

農村住地有分圍及村。開始時，族人到達某處開墾，最初只能在田邊蓋一小屋，用來住宿及放置農具，後來有收成，生活好轉，族人漸多，就會漸漸建築多間房屋，變為排屋。再發展下去，人多，錢多，屋愈建愈多，為了保障族人，他們就會擇地建築一座四周有高牆的大圍，讓族中各房兄弟搬進居住，以保護人丁及財物。一座圍不夠，就再興建第二座圍，原來的一座稱為「老圍」，新興建的一座稱為「新圍」。因為圍是族人蓋建，能住進圍內的當然都是本族各房兄弟，即自己人。

045

禾杈髀 wɔ4 tsa1 bei2——堂兄弟。

我老豆同佢老豆係親兄弟，佢係我堂大佬，我哋係禾杈髀嚟。

禾杈是一種農具，一頭是一個以木或鐵製的刺杈，另一頭是木或竹製的手柄，用來反轉禾草的工具。當禾稻成熟完成收割後，要放在地面，用牛拉着石轆壓稻谷，使稻谷脱落。在這個過程中，就會用禾杈不斷翻轉禾草。農忙時人手不夠，其他同村兄弟便會互相幫忙，手持禾杈幫手翻禾。由於禾杈的外型是一支柄分成兩枝杈，後來就以此形容同一祖父但不同房的堂兄弟。

046

大妗姐——貼身侍候新娘的人。

dai6 kɐm5 dzɛ2

你就嚟嫁女，介紹個大妗姐俾你。

中國傳統嫁娶習俗儀式很多，有時雙方家長亦不清楚，因此需要有一個熟悉此項禮儀的人，負責提點，避免有所錯漏，貽笑大方，特別對女家來說，更為重要。這個人必須為女性，因為在整個婚禮過程中要陪伴新娘，而且在稱呼上不能太低。廣府人有所謂「天上雷公，地下舅公」之說，而舅母稱為「妗母」，既然此人必為女性，所以稱作「大妗」，以示尊敬，但又因為並非是真的長輩，便在「大妗」之後加上「姐」，名為「大妗姐」了。

新娘子敬茶～～
倒抽一口涼氣

047

張士貴打摩天嶺——望吓就走，不負責任。

dzœŋ1 si6 gwɐi3 da2 mɔ1 tin1 lɛŋ5

部老爺車行行吓死咗火，走去搵修車師傅檢查，點知佢嚟到，好似張士貴打摩天嶺咁，望吓就走，話冇得整。

張士貴是唐朝人。唐貞觀十八年（公元六四四年），唐太宗下詔親征遼東，大臣徐懋功命令張士貴取下摩天嶺。張士貴父子領旨一路望西而行，走了四十日，來到摩天嶺，只見：「迷迷雲霧遮山腰，山頂山尖接九霄，一堆不見青天日，虎豹猿猴滿牧嚎；兩旁樹木高影影，踏級層層生得高。

望上霧雲烏昏黑，哪見旗幡上面飄？見說天山高萬丈，怎抵摩天半接腰；縱有神兵驍勇將，這番見了也魂消。」惟有馬上退兵，寫信要求李淵之侄略陽郡公李道宗出謀獻策。後來此段故事成為歇後語：「張士貴打摩天嶺，望吓就走。」

048

放飛機 fɔŋ^{3} fei^{1} gei^{1}——不守信用。

明明講好今日兩點鐘飲茶，點知佢唔出現，放我飛機。

一九一一年香港上空第一次出現飛機，不過當時只是作飛行表演。由於該次飛行表演在沙田舉行，鐵路公司特別安排專車接載乘客前往觀看，並發出通告：「三月十八、十九、二十，一連三天，在沙田站附近演放飛機。鐵路局特備專車來往沙田與九龍站，頭等來回票收銀二

元一角，二等一元一角，三等三角五仙。」表演舉行首天，火車載滿觀眾，前往沙田，沙田海灘搭有竹棚，並有樂隊演奏，連港督盧吉也前往觀看。表演舉行首天，風勢太大，飛機未能起飛。第二天掛起藍旗，天氣不好，表演取消。第三天，掛起紅旗，表示水漲，因為飛機是水上飛機，潮水漲，不能在海灘降落。終於延至三月廿七日，中午一時十五分，成功起飛，但因風勢太大，只飛到離地面六十呎，便要降落。翌日，主辦飛機表演的遠東航空公司刊登道歉啟事。一場盛事便草草收場，只餘下一句「放飛機」。

049

講來講去三幅被——說話重複，無新意。

gɔŋ2 lɔi4 gɔŋ2 hœy4 sam1 fuk1 bei6

我老闆無乜料到，講來講去三幅被。

昔日廣府人製造棉被時，是以兩幅八尺長的布造成一個被袋，中間入滿棉花，在被袋上面再加一塊同樣大小的布做被面，成為一張棉被。廣府人講蓋被叫「冚被」，當你「冚被」時，不管怎樣翻來覆去，蓋在身上的都是用三幅布包着的棉被。所以引申出一句說話，叫做「冚來冚去三幅被」，後來演變為「講來講去三幅被」，形容一個人講來講去都是同一套，就是「三幅被」。

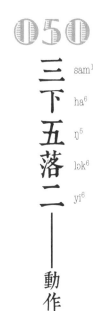

050

三下五落二——動作敏捷。

sam[1] ha[6] ŋ[5] lɔk[6] yi[6]

呢個後生仔，快手快腳，搵佢做嘢，三下五落二就搞掂。

「三下五落二」是昔日珠算的一句口訣。在未有計算機之前，算盤是最快的計算工具。算盤有上、下兩列，上列每行直柱有兩顆算盤子，每一粒代表數目「五」；下列每行直柱有五顆算盤子，每顆代表數目「一」。下面的算盤子往上推一顆，代表一，兩粒則代表二，如此類推。當要表示五此數目時，則將上面一列的一粒算盤子往下推落。珠算有口訣，一定要記熟。當算盤上列有一顆算盤子，下列有四顆算盤子，即是九，如果要九加三，口訣是：「二去八進一」，即是將柱上面的一顆往上推，下面的三顆往下推，再將左邊柱下面一顆算盤子推上，算盤上出現左柱下面有一顆算盤子，代表十，右柱剩下下面的兩顆，代表二，合起來就是十二。如果是三加二，則將上面一列推下一顆，代表五，將原來下面的兩顆算盤子推落下面，柱上只餘下上面一顆，就是五了。「三下五落二」，簡單，快捷。如今不用算盤，用的是計算機，當然也不知道什麼是「三下五落二」了。

051 開片 hoi1 pin3 ——不和，決裂。

呢兩班人講唔掂數，約齊人馬準備開片。

開片本為瓷器釉面的一種自然開裂現象。開裂的原因有兩種：一是成型時坯泥沿一定方向延伸，影響了分子的排列；二是坯、釉膨脹系數不同，焙燒後冷卻時釉層收縮率大。因此，開裂原是瓷器燒製中的一個特點，後引申成不和、決裂之意。

阿叔，你退歸啦！
家陣由我地話事！
條路係我睇嘅！
你邊度架？
劈佢啦！
劈佢！

052

四 sei3 四 sei3 六 luk6 六 luk6——清清楚楚，有條有理。

咁大件事，快啲叫齊有關人等坐低，大家四四六六拆掂佢。

四四六六源自「四司六局」。宋朝的官府或富貴人家會置四司（帳設司、茶酒司、廚司、台盤司）六局（果子局、蜜煎局、菜蔬局、油燭局、香藥局、排辦局），專辦盛大宴會。四司六局的辦事員，大都是行家，駕輕就熟，考慮周到，配合默契。此語傳到廣州，慢慢訛傳為「四四六六」，人們用該詞形容辦事熟練、清清楚楚，有條有理。

053 有牌 jɐu5 pai4——未到時間，未有咁快。

場世界盃決賽十二點開波，而家先至九點鐘，有牌都未夠鐘，不如瞓陣先。

昔日報時，一晝夜十二個時辰，揭報時辰有所謂牙牌，以象牙為質，刻字填金，自卯至酉七個時辰用之。《宋史．律曆志三》：「國朝複挈壺之職，專司辰刻……其制有銅壺、水稱、渴烏、漏箭、時牌、契之屬。」「牌」，指時間；「有牌」，指還有時間。

054 斬腳趾避沙蟲——因小失大。

dzam2 gœk3 dzi2 bei6 sa1 tsuŋ4

呢班同事好麻煩，都係辭工唔做，斬腳趾避沙蟲。

以前的人，腳趾縫發炎都會説成是被沙蟲咬。一般人説的沙蟲可分三種：第一是海產類，用來煲湯的沙蟲，二是蚊的幼蟲，在積水中游來游去，三是一種皮膚病。清朝有檀萃在《楚庭稗珠錄》記載：「沙蟲，喜入人膚」，便把這種皮膚病説成是被沙蟲咬。在南方，農民落水田耕作，特別是插秧時都是赤腳，而且雙腳經常被水浸着，水也骯髒，收工回家後可能會發現腳掌有很多小孔，發癢，而腳趾縫的情況就更為嚴重，這就是傳說被沙蟲咬過的後遺症。爛腳趾縫很難受，以前也無藥可治，此時就恨不得將腳趾斬下來，減少這種難受感覺。「斬腳趾避沙蟲」就是逃避小麻煩，而犧牲大利益。

055

三分顏色上大紅——得意忘形，唔夠班。

sam[1] fen[1] ŋan[4] sik[1] sœŋ[6] dai[6] huŋ[4]

讚佢兩句就牙擦擦，真係三分顏色上大紅。

昔日的顏料色種是用自然物料調製，大致分為礦物、土質、動物、植物。礦物有石青、石綠、硃砂、雄黃、白雲母等，如果要造紅色顏料，就用硃砂。硃砂用得多，顏色就愈紅。但如果只用三成硃砂，即三分來調製，當然不可能製出大紅色。

056 執條襪帶累身家——得不償失。

dzɐp[1] tiu[4] mɐt[6] dai[3] lœy[6] sɐn[1] ga[1]

中咗條三T，派彩唔夠一千，班友仔屘我請食飯，埋單找數食咗二千幾，今次真係執條襪帶累身家。

以前的華人穿唐裝衣服，着唐鞋，不須穿襪。但西方人穿西服，着皮鞋，就必須穿襪，而襪子是沒有橡筋頭，要用一條襪帶將襪子吊着，另一頭則夾着內褲的褲腳。有人本來一直都是穿着唐裝，但一天在街上執到一條襪帶，襪帶本是平價物件，但為了配合襪帶的用途，於是要買套西服、皮鞋、洋襪，變成大破慳囊，得不償失。有一句俗語：「妹仔大過主人婆」，也有同樣含義。

057 趯路 tɛk^3 lou^6——逃跑。

呢個爛賭鬼，欠落成身債，今日債主臨門，早就趯咗路喇！

趯字粵音「笛」，跑的意思。趯原出於《詩經‧草蟲》：「喓喓草蟲，趯趯阜螽。」趯趯就是躍。

趯字還可用作快走、跑。廣府話「趯路」，就是逃跑之意。還有一句叫走趯，即跑腿的意思，走走趯趯就是負責傳訊、傳遞的瑣碎工作。

斧頭幫殺到嚟啦！
等我劈死你個爛賭鬼！

058 搞出個大頭佛——搞出麻煩。

gau² tsœt¹ gɔ³ dai⁶ tɐu⁴ fɐt⁶

呢餐晚飯本來講好按人頭出錢，你就話要畫鬼腳，結果有人出多咗錢，十分唔開心，搞出個大頭佛。

每當喜慶、神誕，都會有金龍、獅子出現。南獅在舞動時，總會有一位頭戴大頭佛公仔頭的人在前面引路，後面跟着舞獅的和敲鑼打鼓的一群人，這群人看起來都是跟在大頭佛後面，由他引出來的。後由此義引申，以大頭佛比喻帶來了一大串麻煩的事端。

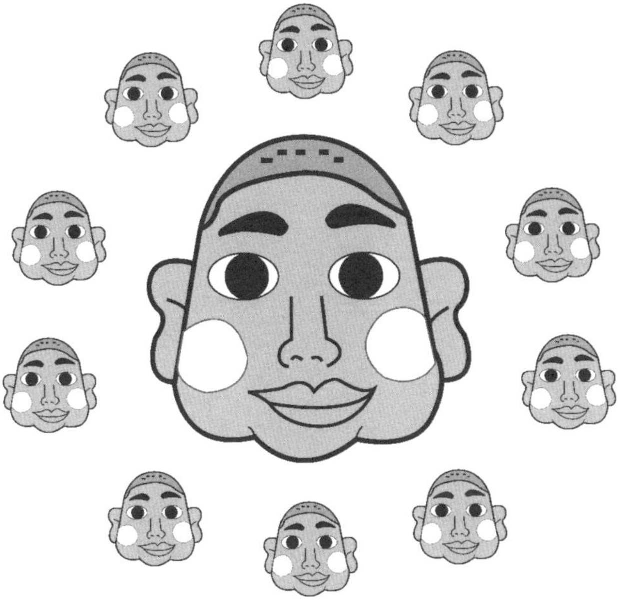

059

屈質 wɐt[1] dzɐt[1]——地方細，狹窄。

咁有心嚟探我，地方屈質，招呼唔到。

房屋、房間地方狹小、侷促，稱為「屈質」。屈，拗曲、凡曲而不伸、困窘壓抑，都叫「屈」；質是借字讀音，從「笮」演化出來。《說文解字》記載：「笮，迫也。」「屈笮」，後來寫作「屈窄」，並變音讀作「屈質」。

060

摸門釘——到訪不遇。

mɔ[2] mun[4] dɛŋ[1]

今日走去搵阿黃，點知佢唔喺屋企，摸門釘。

昔日皇室及官宦之家的大門很厚，由多塊木板組成，以多口鉚釘鉚實，而露出門板外的釘頭皆鑲以一個半圓形的鐵製釘頭以遮蓋。門釘數量有規定：宮廷金釘縱九橫九；親王府金釘縱九橫七；公門金釘縱橫皆七；侯以下至男減至五五，均以鐵製。門釘通過不同的數量和色澤，標示着不同的等級高低。大門緊閉時，到訪者只能手摸門釘，不得其門而入。但在北方則另有不同意義，因為門釘有如女性乳頭，每到上元佳節，已婚婦女會專程前往摸門釘，以求一索得男。

061 倒塔咁早——未天光就開始。

dou2 tap3 gem3 dzou2

今日番早更，倒塔咁早就要起身。

塔指馬桶，俗稱「屎塔」。昔日，本港的樓宇大部分是唐樓，沒有廁所，住客的大小二便，一是到街中的公廁，否則就要在自己房中用痰盂解決，穢物就倒進放置廚房內的屎塔。一到晚上，住客就要將屎塔提到門外樓梯頂處，以便清潔工人收取。這些負責倒屎塔的工人，大多數是女性，稱為「夜香婦」，俗稱「倒屎婆」。由於倒屎是厭惡性行業，臭味遠播，所以要在深夜十一、二時後才進行。夜香婦將屎塔提至樓下，將穢物倒在運糞車的車斗內，然後用清水將屎塔稍作清洗，放回原位。如此逐家逐戶進行，直至天光始能收工。如果住客不事先將屎塔放置門外，她們會在門口大叫：「倒塔！開門！」倒塔咁早就是指這種情況。

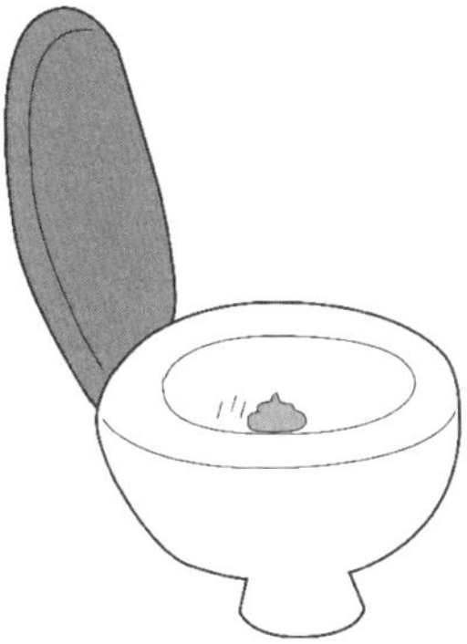

062 踹親條尾——得罪人。

踹 tsai2 親 tsɐn1 條 tiu4 尾 mei5

使唔使咁惡呀，又唔係踹親你條尾。

踹親即踏着，踹親條尾之句出自《易經・履卦》：「履虎尾，不咥人，亨。」履卦意指人應小心循禮而行，如同踩到虎尾上而不被咬，處危險而謹慎，可致亨通。又有說：「履虎尾，愬愬，終吉。」即是說，踏着虎尾，愬愬然知所戒懼，則可轉危為安。

對唔住！
喵！

063

棹忌 dzau6 gei6——禁忌。

唔好亂搞啲嘢，人家唔鍾意，好棹忌。

「棹忌」一詞來自昔日水上人的日常生活。棹是船上的一種工具，類似船槳。水上人在水上生活，於船艇上過日，有很多忌諱，例如吃魚不能將魚反轉，否則會翻船等。舊日在珠江沿岸一帶的水上人對廣府文化有一定影響，「棹忌」一詞便是廣府人從水上人家處借來，泛指禁忌的事物。

064

生保 saŋ1 bou2 ——陌生。

呢個人咁生保，睇實啲呀！

「生保」源自保甲制度。保甲制度，為自宋代開始帶有軍事管理意味的戶籍管理制度，之後在各個朝代演變為農村基本政治制度，直至解放後才取消。基本內容為十戶為「甲」，十甲為「保」，每保有一百戶，每戶之間都會互保。但如果有陌生人出現，不是「保」中的居民，就是「生保」。

065

打尖 da^2 dzim^1——不守秩序，插隊。

個個都喺度排隊，呢個人竟然走去個阿婆前面打尖，有冇搞錯！

「打尖」應為「打櫼」。《說文解字》中，「櫼，音尖，楔也」，「楔」指小塊的木片，上厚下薄，以楔用錘打入木器的接縫之中，令木器的接駁位置更為穩固。「打櫼」就有強行插入之意。

你打尖！
我光明磊落，
你哋厚多士！
你打尖！
你打尖！

066

捉錯用神 dzuk[1] tsɔ[3] juŋ[6] sɐn[4]——把握不到，弄巧反拙。

阿陳成日過澳門，你唔好捉錯用神呀，以為佢去賭，其實佢屋企喺嗰邊，返去探阿媽啫。

「用神」，是中國傳統四柱八字術數中專用術語，專指一個人的八字中各種五行中所欠的五行的成分。四柱命局以用神為核心，用神健全有力與否，影響人一生的運數。可以說成是人生的重點和關鍵。如果術士在算命時算錯用神，推算錯誤，就變成弄巧反拙。到了後來變成「捉錯用神」。

067 扭盡六壬——絞盡腦汁，想盡辦法。

nɐu2 dzœn6 luk6 jɐm4

呢單嘢好麻煩，扭盡六壬都搞唔掂。

「六壬」，又稱「六壬神課」，是用陰陽五行占卜吉凶的一種古老的術數門類，古時六壬家皆有六壬盤在身，盤上刻有周天三百六十度，二十八宿等，為之天盤，可轉動，而地盤則不動。為了方便觀測天星天象，將周天三百六十度，劃分為作黃道十二宮，然後定二十八宿，佈七政運行，測天象變異之用。每宮均有其特性、象意，取其象以代表人間事物。他們用手去扭動六壬盤以計算、預測未來將會發生或遇見的人、事、物，作趨吉避凶之用，這個動作就是「扭六壬」。

068

亂噏廿四——亂講一通。

lyn6 ŋɐp1 ja6 si3

識少少就扮代表，喺度亂噏廿四。

「噏」指「眾聲也」，即眾人的聲音，在此即指為説話。「廿四」指《廿四史》。廿四史，中國古代歷朝撰寫的二十四部史書的總稱，是被歷來的朝代納為正統的史書，故又稱「正史」，上起傳説中的黃帝，止於明朝崇禎十七年（一六四四年），計三千二百一十三卷，約四千萬字，且統一使用本紀、列傳分類的紀傳體編寫。由於《廿四史》被視為正統，不容亂講一通，「亂噏廿四」。

069 車大炮——說謊。

tsɛ[1] dai[6] pau[3]

阿黃成日話佢後生時好巴閉，其實喺度車大炮，真係知就笑死，唔知就嚇死。

「車大炮」，應為「扯大奅」。西漢揚雄的《方言》中曾記載：「以大言冒人曰奅」。又東漢許慎的《説文解字》：「奅，大也。」段玉裁注：「此謂虛之大。」而「車」字，其實本應作「扯」字。元明雜劇《鎖白猿》台詞曾云：「貧道姓鄒名謊，字扯炮，道號弄虛先生。」這裏道士用字為「扯炮」，跟名字「謊」及道號「弄虛」其實同義，就是有説謊弄虛之意。另外，「胡扯」、「東拉西扯」等詞語，同是形容胡亂說話、內容不切題之意。

070

刮 gwat3 龍 luŋ4——不擇手段斂財。

嘩，一碟清炒芥蘭收我百五蚊，真係刮龍。

「刮龍」，清末時流行的廣府俗語。刮：掠奪，搜刮；「龍」是稱當時政府所鑄的銀元。由於鷹洋、佛銀等外國銀幣的流入，嚴重影響中國的幣制和金融，朝廷眼見外國銀元佔據中國市場，造成中國的貿易損失，故設局製幣，其銀幣以蟠龍為圖形，光緒十六年（一八九〇年）鑄成，人稱龍洋。不久各地各自鑄造，皆以龍為記，故稱「龍銀」、「龍洋」。「刮龍」，即掠奪金錢。

071

濕柴 sɐp^1 tsai^4 ——不值錢。

亞爺留落嚟嘅軍票，全部唔值錢，變成濕柴。

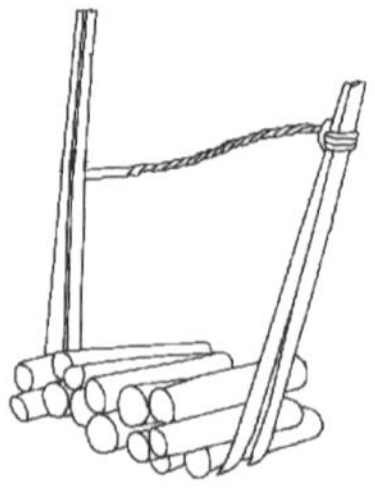

香港以前叫鈔票為「濕柴」，源於銀紙不值錢的通脹年代。早於一九四八年，內戰形勢一面倒，國幣每天都貶值，當年二月十九日，上海黑市價：一美元兑國幣二十一萬五千元，二十二日，十五萬元才買到一擔米，二十三日漲至三十萬元一擔，但到二十四日暴漲至每擔一百萬元。在米價不斷高漲下，那些五百元、一千元，甚至二千元面額的紙幣，連一點東西都買不到。於是廣府人說這些鈔票為「濕柴」，意思是濕了的柴燒不着。「燒」與「銷」同音，無買賣能力，到了二月二十五日，國幣大崩潰，就連一萬元面值的大鈔，也淪為濕柴。

072

標尾會 biu1 mei5 wui6——最後機會，最着數。

佢先幾年講咗收山，唔再表演，點知依家又話徇眾要求，開番幾場演唱會，實行標尾會。

一九五〇、六〇年代的香港，生活艱難，銀行沒有私人貸款，於是民間就出現了「義會」。所謂義會，就是一班人，大家集資，以便資金周轉。一個義會通常有十二人，其中一人是「會頭」，每月開會一次，會銀亦有規定。如一百元的義會，每月開會，一年為期。每一會友，稱為「會仔」，可以執會一次，十二人輪流執會。「會頭」就是標會的發起人，一定是他先拿錢，叫「標頭會」，每位「會仔」要付足一百元。執會的方法通常用暗標「出利」的方法競標，以出利最高者執得，例如一百元的會，阿甲出利七元，阿乙出利八元，阿丙出利九元，就由阿丙標得該會。而每位「會仔」扣除利息九元，只需供九十一元。會銀由會頭收集後再交予阿丙，而阿丙實得一千零八十元，但標了會的阿丙以後不論何人出利多少，他都要供銀一百元，直至尾會，此為「供死會」。一般是急需用錢的人才會以高息競標，不急需用錢的，自然不會用高息競標，甚至不競標，到最後，標尾會的人便可賺取到利息，標會的人數愈多，標尾會的「會仔」愈着數。

073 水腳 soey2 goek3——路費。

我已經搭好路去金山發展，搵夠水腳就起程。

「水腳」即路費，見諸《宋史‧食貨志下二》：「取木炭銅鉛及官吏闕額衣糧水腳之屬，湊為年計。」清《應詔陳言疏乙亥》：「飭令各省將折漕之價，與其應發水腳之費，解交部庫。」

古代中國各省每年均要上繳各項物資，以水路運往京城或各地接濟軍需，此種運輸費用稱為「水腳」。有時一些物資不需上繳，但各省仍須將該批物資折合價格，加上運輸費用，即「水腳」，上繳國庫。

074 坐花廳 dzɔ[6] fa[1] tɛŋ[1] ——坐監。

搶嘢衰咗，俾差人拉到，坐咗幾年花廳。

江湖中人的對話，間中仍會用「花廳」，入獄就叫「坐花廳」。現時則叫「入冊」或「踎監」。其實花廳初時是指衙門審案之偏廳，不等於監獄。花廳源於客家話。二十世紀初，羅翽雲著《客方言・釋宮室》指：「治事處曰花廳。花廳者，分庭之轉語——古者治官處謂之聽事，言受事察訟於是也。漢晉皆作聽，六朝以來乃始加『广』，是聽為借字，廳為俗字，庭為其本字。」由此得知，衙門之「分庭」轉音成「花廳」。清代衙門規格，大堂審訊大案件，二內進第二重叫「二堂」，專審人多之訴訟案，二堂兩邊分為東花廳和西花廳，專審清場案件，例如風化案等。花廳內設有簽押房，犯人一旦認罪就要簽押，即時收監。所以坐花廳等於收監。

075

冇鞋挽屐走

mou^{5} hai^{4} wan^{5} kɛk^{6} dzɐu^{2}

——速速、匆忙。

打到嚟喇，冇鞋挽屐走！

屐以木製，屐頭部分釘上一塊闊約三、四吋的膠屐皮，分男、女裝，可以在家中穿着當拖鞋，亦可出街當鞋着，在舊日香港人的衣着鞋襪中佔重要位置。一九五〇年代初，每對男裝木屐約售三毫子，女裝屐因為有手描花卉圖案，所以價錢較高，每對約售五毫。木屐較重，不易穿着，特別

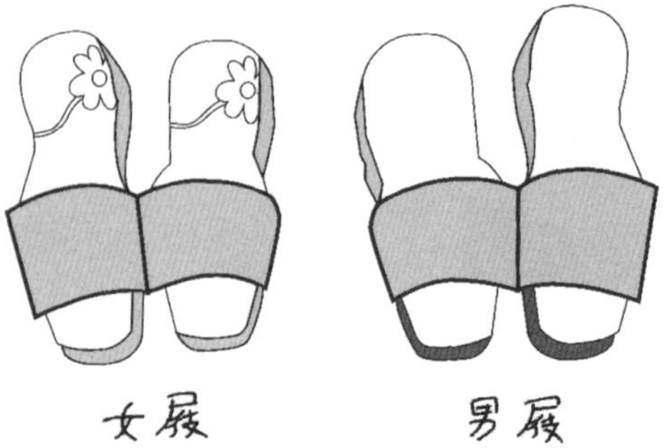

女屐　　男屐

是下樓梯時，很容易因踩不穩而失足，如果奔跑的話，難度更大，很容易仆倒。想走得快，最好赤腳，用手挽着雙屐，一來走得快，二來對屐皮沒那麼容易破，因此逃走趕路時就要「挽屐走」。到了一九六〇年代，出現了以樹膠材料製的拖鞋，因為是從日本傳過來，所以叫日本拖，膠拖又分人字拖和十字拖兩種。由於輕便，舒適，木屐便遭淘汰了。

076

豆泥——低級。

dɐu[6] nɐi[4]

呢個人衣不稱身，污糟邋遢，成個豆泥友。

「豆泥」，即是低級之謂。其來源由餅食而來。南北朝以後，胡餅傳入中原，由是漸漸發展成有餅餡。餅餡分南北，南方以蓮蓉為貴，北方則重棗泥。廣府人除以蓮蓉做餡之外，還有豆沙，那是以紅豆搓餡，去皮存沙而成，若加入白礬，就變成黑色。若用黃豆來做餡，就不叫豆沙，叫做豆泥。但因為三種餅餡以蓮蓉最貴，豆沙次之，豆泥則價錢最賤，因此凡是上不得大場面的東西，都給人說為「豆泥」。由此引申出「豆泥嘢」、「豆泥友」等，指物之低鄙，人之不可勝任。此語流行後，「豆泥」便改稱「豆蓉」或「豆沙」。

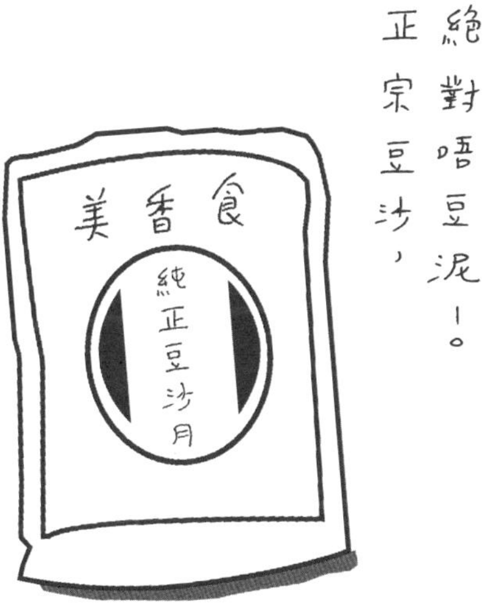

077

的骰 dik1 sik1——嬌小。

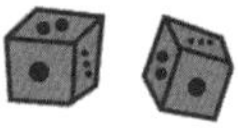

呢條鑽石頸鏈好的骰，好襯你。

「的骰」，又寫作「滴骰」，正寫應為「菂薂」。「菂」古義為蓮子，「薂」古義指蓮子果實。因其果實細小而引申為廣府話的細小、嬌小之義。

078 濕滯——麻煩。

sɐp1 dzɐi6

屋漏更兼逢夜雨，今次真係濕滯。

「濕滯」是一種病，在南方因為氣候潮濕、悶熱，常會發病。濕滯的成因，往往是體濕過盛，而且進食的食物比較油膩，纖維質少，因而造成消化不良。病發時四肢困乏、排便不暢、厭食油膩，舌苔薄膩、消化不良。此並非大病，但卻頗為困擾。民間一般以雲苓、澤瀉、桑白皮、生薑、陳皮等材料炮製去濕茶以消滯去濕，緩解症狀。

079

黃綠醫生 wɔŋ4 luk6 ji1 saŋ1

——騙詐，不學無術。

病咗咁多日都未好番，唔好再睇呢個黃綠醫生喇。

「黃綠」應為「黃六」。根據一九三〇年代孔仲南所著《廣東俗語考・卷九・釋性質》：「黃六，虛偽無實謂之黃六。有黃六先生。黃黃六六之説。相傳黃巢兄弟六人。巢居第六而詐。故曰騙詐為黃六。」

080

牒腳 dip6 goek3 —— 底細。

咪睇佢一表斯文，起清佢牒腳，無非都係爛仔一名。

「牒」，古時的文書，證件。亦有牒譜，用以記載家族世系詳情。牒腳即底細。「起清牒腳」，即清楚知道某人底細。

081

景轟 $gi\eta^2$ $gw\text{ɐ}\eta^2$ ——二人之間不可告人之事。

呢兩個人喺度細聲講，大聲笑，見到我哋立即收聲，一定有景轟。

「景轟」，原為「輘輷」，借音為景轟，車聲。西漢王褒《洞簫賦》：「故其武聲，則若雷霆輘輷。」唐韓愈《讀〈東方朔雜事〉》詩：「偷入雷電室，輷輘掉狂車。」景轟為大聲、嘈雜之意，今喻為二人之間以巨大聲響來遮掩背後互相的勾結，做出不可告人之事。

082

沙塵白霍——趾高氣揚，揮霍無度。

sa^{1} tsɐn^{4} bak^{6} fɔk^{3}

恃住屋企有兩個錢，睇人唔起，沙塵白霍。

「白霍」應為「白醭」，醋或醬油等表面上長的白色黴。北魏賈思勰《齊民要術・作酢法》：「下釀以杷攪之，綿幕甕口，三日便發，發時數攪，不攪則生白醭。」宋楊萬里《初秋戲作山居雜興俳體十二解》之八：「自暴羣書舊間新，淨揩白醭拂黃塵。」民國孔仲南所著《廣東俗語考・卷九・釋性質》：「醭讀若樸。白醭，言人浮誇虛有其表也。」《廣韻》：「醋生白醭。」《集韻》：「酒上白。」故浮於表面者，謂之白醭，亦謂之沙塵。亦有學者稱，白霍為「擺闊」之變音。

083

七國咁亂——十分混亂。

tsɐt gwɔk^{3} gɐm^{3} lyn^{6}

我屋企裝修緊，七國咁亂，唔招呼你上去坐喇。

春秋時期（公元前七七〇－公元前四七六）歷次戰爭使各諸侯國的數量大為減少，到戰國時期（公元前四七五－公元前二二一），實力最強的七個諸侯國分別為齊、楚、燕、韓、趙、魏、秦。這七個諸侯國被史家稱為「戰國七雄」。長達數百年的戰國時代，這七個實力最強的國家合縱連環的混亂局面，一直持續到秦始皇統一中國才結束。後來人稱此段歷史為「七國咁亂」。

084 打聾通 da2 luŋ4 tuŋ1——互相串謀，不被人知。

呢兩條友夾埋打聾通，我哋輸梗喇。

失聰者俗稱聾人，聾人間的溝通不會發出聲音，只會用手語等不動聲色的方法，旁人不知道其內容，所以打聾通就有串通而又不被人知之意。

085 標松柴 biu[1] tsuŋ[4] tsai[4]——貪污，據爲己有。

我俾錢佢替我買部行貨相機，佢竟然俾部水貨我，標我松柴。

「標松柴」，應為「剽松柴」，是舊日飲食行業中的一句術語。剽，有搶劫、掠奪、剽竊之意。昔日一般人家煮食所用的燃料都是木柴。木柴可分多種，有來自新加坡的坡柴、來自南洋的雜柴和本地的松柴，因為松柴含有大量油脂，火力猛，茶樓酒家大量採用，因而價錢最貴。松柴以竹篾作束狀捆紮以便搬運，交到店舖中，但有時因為捆紮不夠緊，有人就在中間抽出柴枝，據為己有。此種竊取財物的行為被稱為「標松柴」。

086 扭紋 nɐu^2 mɐn^4 ——頑劣，不聽教。

教又唔聽，鬧又唔怕，打又唔喊，乜你咁扭紋。

「扭紋」出自「扭紋柴」一詞。昔日煮飯是燒柴薪的，一般家庭用來燒火的柴大致分兩種，一種簡稱「坡柴」，來自新加坡；一種稱「雜柴」，來自南洋山打根一帶。前者都是屬於同一種樹木的樹身，較為粗大，木紋直；後者則是多種樹木的枝幹，枝幹較細，而且較多支節，所以木紋扭曲。柴枝粗，放不入灶內。因此粗大的柴就需要用柴刀劈開，一分為二或一分為三條，這就所謂的破柴了。坡柴紋直，容易破，雜柴多扭紋，難破，扭紋柴就是指那些難相處愛找麻煩的人。小孩頑劣，就以扭紋來比喻。

087

好(hou2)眉(mei4)好(hou2)貌(mau6)生(saŋ1)沙(sa1)虱(sɐt1)——金玉其外，敗絮其中。

唔好睇佢着得咁斯文，其實一開口就粗口爛舌，真係好眉好貌生沙虱。

沙虱指蕃薯受了感染，蕃薯皮內生滿黑色的小孔。在街市買回來的蕃薯，外表看來好好的，沒有問題，但一旦煮熟後剝開皮，就會發現蕃薯上面生滿一個個黑色的小孔，這些小孔發出難聞的氣味。因此，外表好看，內部卻生滿黑色小孔的蕃薯就被形容為「生沙虱」。

088

剃眼眉 tɐi3 ŋan5 mei4 ——羞辱。

見到個交通警察企喺斑馬線，重唔停車，擺明剃差人眼眉啦。

一般人到理髮廳理髮，都會剃頭、剃面毛、剃鬚，如果是女性或者會去修眉，目的是整理儀容，但不會剃眼眉。眼眉被剃去，容貌會改變，非常失禮。如果被人剃去雙眉，就是一種羞辱。

089

祭旗 dzɐi3 kei4——找替死鬼，殺一儆百。

今晚第一次出賽，對住隊弱隊，一於搵佢哋嚟祭旗。

古代將軍領軍出征之前，都會殺一些牲畜，用牠們的生命來祭祀神靈，祈求得勝，這種在出征時在旌旗下舉行的儀式就叫「祭旗」。

090

大泡和 dai^{6} pau^{1} wo^{4} ——中看不中用。

睇佢肥屍大隻，搬張枱都搬唔到，真係大泡和。

大泡和，應為大穮禾，見宋《集韻》：「穮，禾虛貌也。」即指禾稻長得高大，但結不了多少稻穀，虛有其表。本來希望這些禾可以收成許多穀，但結果令人失望。穮讀「拋」音，由於「穮」字難寫難認，就轉化成「泡」字，成為「大泡禾」，後來又轉成凡是名字中有「和」字的人，都常被稱為「大泡和」。

091

巴閉 ba^{1} bei^{3}——有本事，小題大做。

呢間酒家真巴閉，隻豉油雞非常好味，要排隊買。

據說以前中東印度一帶的商人來中國經商，由於在交易期間言語不通，很容易產生誤會而爭吵，而那些外商喜歡經常「Bapre」、「Bapre 」地叫，意思即「我的天啊」。但中國人聽不明白他們的意思，只從他們的言語神態理解，覺

得他們既急躁又大聲，於是就用「Bapre」的轉音「巴閉」來形容他們此種「巴閉」神態。

但又有另一種說法，是由來自宋元時期的一個流行詞「巴臂」轉變而來，是一個借音詞，也有多個變體字，如「巴鼻」、「巴貝」、「把背」、「巴避」等，都是出自「把柄」此詞。「把柄」今天的解釋是被別人要脅的憑據。但《說文解字》中說：「把，握也，柄者，柯也。」柯就是斧頭的柄，把、柄二字合起來就是有把握之意。古人說人「甚有把柄」，就是說他很有本事，因而做事很有把握。「把握」一詞慢慢轉作「把鼻」。南宋理學家朱熹《朱子語類輯略》卷七：「若是如此讀書，如此聽人說話，全不是自做工夫，全無巴鼻。」意即沒有能夠學到本事的把握。因此有可能「巴閉」是由「巴臂」轉變過來，因為有把握自然就會「巴閉」。

092

冇雷公咁遠 mou5 lœy4 guŋ1 gɐm3 jyn5——距離遙遠，難以到達。

陳仔住到無雷公咁遠，想搵佢坐吓都好難。

《廣東新語・天語》：「北方有無雷之國，南方有無日不雷之境。」「冇雷公咁遠」，就是上面所說的無雷之國，位於遙遠的北方。廣東處於南方沿海一帶，經常遭受雷暴災害，而北方雖然無雷，但是距離卻太遠，所以就形容為「冇雷公咁遠」。

093 三口六面

sam[1] hɐu[2] luk[6] min[6]

——相關人等在場，面對面說清楚。

有乜誤會，不妨三口六面講清楚佢。

三口六面即是同時有三個人在場，其中兩個人有什麼事情要解決，就面對面談判，且有第三者在場就可作證明。三個人三把口，每人都有兩邊面頰，合起來就是六面，「三口六面」如此而來，後引申為交代得清清楚楚。

094

咸 ham^4 豐 $fuŋ^1$ 年 nin^4——陳年舊事。

咸豐年咁耐啲嘢，重提嚟做乜吖！

咸豐是清朝的一個年號，由清朝開國算起，一共有十朝皇帝，計有順治、康熙、雍正、乾隆、嘉慶、道光、咸豐、同治、光緒、宣統。對廣府人來說，咸豐（一八五一——一八六一）是一個很多事情發生的年代。咸豐元年，廣東花縣人洪秀全發起太平天國起義；咸豐四年，天地會在佛山起事，包圍廣州達半年之久，而當時的兩廣總督葉名琛，亦借平亂為名，殺了七萬多人；咸豐六年，觸發英法聯軍攻打北京的「亞羅號事件」發生在廣州；咸豐七年，英法聯軍攻陷廣州，佔領廣州三年之久；咸豐十年，英法聯軍攻陷北京，迫使清朝政府簽訂《北京條約》，割讓廣東的九龍半島。咸豐年間的廣府人，經歷了如此多的災難。所以廣府人一提起咸豐年間，印象揮之不去。後來的老人家一提起往事，就會說「咸豐年啲事」，而年輕人對咸豐年間發生之事已經無感覺，所以會講：「咸豐年啲事，不提也罷。」

095

縮番條槓——保留實力，退縮。

suk[1] fan[1] tiu[4] gɔŋ[3]

呢場賽事對手咁弱，一於縮番條槓，俾啲後備上場練下，留力打下一場喇。

「槓」是牌九賭博中的一句術語，包括有「天槓」和「地槓」兩種。牌九其中一種玩法是以對牌的大小順序而定。但如持有「天」牌或「地」牌，就可配任何一種八點牌，即天牌配人牌或雜八牌，天牌是十二點，人牌或雜八牌是八點，即十二加八等於二十，個位數是零，此為天槓；地牌配人牌或雜八牌，地牌是二點，即二加八等於十，個位數是零，此為地槓。尾數是零，後來引申為保留到最小，或退縮至最小。一手牌中包含「天」、「地」，還可能有「人」，其實牌面不錯，但由於多種原因，要縮回為「槓」，即有保留實力或退縮之意。

096

過咗一戙 —— 捉弄，欺騙。

gwɔ3 dzɔ2 jɐt1 duŋ6

明明講好今日打番幾圈，等我約齊腳，佢臨時話唔得閒，俾佢過咗一戙。

一戙，兩隻疊起的牌九牌或麻雀牌，賭牌九或麻雀時，當牌疊好，莊家準備打骰分牌時，有人會要求過一戙，即將已排好的牌最前的一戙放到最後，此法有兩種目的，一是懷疑有人出千，過了一戙牌，便會令出千之人原來的部署被打亂，另外一種目的，是希望將贏家的好運打斷，或者將自己的衰運結束。「俾人過咗一戙」，引申為被人捉弄，欺騙。

097 落疊 lɔk6 dap9——中計，落入陷阱。

先俾啲甜頭佢，然後慢慢引佢落疊。

落疊應為「落踏」，出處是從鬥雀而來。以前省港兩地流行鬥雀，俗稱「打雀」。其中一種鬥雀是畫眉鳥。「落踏」一詞正出自打雀這活動。鬥雀的方法有兩種，一種是將與鬥雀的兩個鳥籠先門對門，再把門慢慢拉起，畫眉鳥會立即振奮起來，由鳥籠的橫枝跳下，跳入對方的鳥籠進行打鬥。另一種方法是用一個較大，稱為打籠的雀籠，雙方引誘自己的鬥雀由鳥籠上的橫枝跳下，再進入打籠，稱為「過籠」。兩雀相遇後打個你死我活。

而鳥籠上的橫枝名為「雀踏」。此種由鳥踏跳下的動作稱作「落踏」。「落踏」一詞後廣泛引用為中計，落入陷阱之意。

另有一種說法，「落疊」此語出自賭場。疊碼又稱「沓碼」，沓是疊或堆起的意思，疊碼是一種賭場招攬客人的手法。賭場通過一些俗稱「疊碼仔」的人，帶一些客人到某賭場賭錢。「疊碼仔」把客人的現金碼換成泥碼，賭場就按「疊碼仔」所換取的現金碼數量，發放佣金給他們。「疊碼仔」換的現金碼愈多，佣金就愈多。「疊碼仔」的工作是尋找賭客客源、鼓勵賭客到賭場博彩，稱之為「落疊」。

098 渣 dza²——水皮，冇用。

行快啲都面青唇白，真係渣。

「渣」一詞起源於鬥雀。香港以前有鬥雀賭博。用來投注的鬥雀有三種，稱為「武雀」，一是畫眉、二是豬屎渣、三是鵪鶉。豬屎渣正名為鵲鴝，青黑色白胸小鳥，長尾，喜在垃圾堆、荒地、山溝水邊，以及人家園地裏覓食，非常粗生，身價很低。豬屎渣之鬥是因為爭地盤，鬥豬屎渣時先將兩個雀籠緊貼，籠口對籠口，兩雀就會隔籠啄鬥。啄鬥到差不多的時候，雙方籠主就會各自拉起籠門，兩隻豬屎渣就會為守土而起惡戰。

惡戰結束，鬥輸之雀會縮伏在籠底，勝方稱為一渣，輸者為二渣，此時勝方雀主就會向對方說：「真係渣」。

099 磨爛蓆——不肯離開。

mɔ^{4} lan^{6} dzik^{6}

打咗十六圈，陳仔都唔肯收場，嘈住要上訴，喺度磨爛蓆。

昔日賭檔的桌面鋪以草蓆，將所有的賭具、賭金都放在上面，如果有差人冚檔，賭主就會捲起張蓆，將賭具賭金包起一走了之。因為那些賭具，例如骰盅、攤皮，都放在草蓆之上，開賭之時經常磨來磨去，磨得多，草席就會爛，此謂之「磨爛蓆」。差人冚檔，首先會將賭具及賭金收起，作為證據，那些賭金就稱為「蓆面錢」。

100 大天二 dai6 tin1 ji6——土豪、惡霸。

以前呢度好多大天二，經過要收買路錢。

民初南番順一帶有很多土豪或山賊，割地為王，百姓統稱他們為「大天二」，此名出自「天九牌」。天九全副牌三十二隻，分為文子及武子，文子最大者為「天」牌，跟着是「地」、「人」、「鵝」、「梅」、「長三」、「板凳」、「斧頭」、「紅頭十」、「高腳七」、「銅錘六」。兩子加起來只得兩點，本來甚小，但如果合併的一隻牌是「十」，另一隻牌為「天」（十二點），加起來這兩點因為有「天」牌附帶，便是凡二點都不及他大牌面，遇上二碰二，有「天」之二必贏，所以俗稱為「大天二」。同類二點中，本來排位第三的「人」牌（八點）夾一張「板凳四」（四點）之和也是二點，這個「人牌二」本來牌面亦算大，但遇上「大天二」亦得敗陣，所以「大天二專打人牌二」成了規律，也發展為民間俗語，凡叫「大天二」者專門「打人」，所以「大天二」就是惡霸之代號，遇上「大天二」，平民百姓通通得退避三舍，避之則吉。

101 流電 lɐu⁴ din⁶——假消息、假嘢。

今次俾你啲內幕消息害死，全部係流電，輸到我眼突突。

俗語中有所謂「堅」和「流」，堅即是真，流即是假，此是賭檔暗語，大檔賭堅，流檔賭流。賭大細出術叫「流盅」，賭骰仔出術叫「流骰」，賭番攤出術「流攤」，假嘢就叫「流嘢」，賭字花時字花師爺胡亂發放貼士叫「流電」。在一九七〇年代之前，香港人最喜歡賭字花，由黑社會控制的字花廠，每日開字花兩次，市民賭字花是投注在三十六個古人身上，字花廠為吸引婦孺大眾落注，每日會由字花師爺發放一張紙條，上面印有「晨電」或「申電」，以及花題作為提示，由俗稱「艇仔」的帶家發放出去，此為「電」。例如字花題「東海明珠」，這東海明珠就是花題，賭仔會猜古人可能是貂蟬，可能是漢鍾離，這就是電文。其時一般婦孺不識字，帶家就以口頭傳出去，此為口電，有時為了增加投注氣氛及投注收入，臨時又會發放所謂新貼士，此為「急電」。字花古人有三十六個，而買中字花只是一賠三十，十賭九騙，師爺所放全部都是「流電」。字花騙人，後來政府宣佈字花為非法賭博。

102 山埃貼士——輸死人。

san1 ai1 tip3 si2

啲本馬經登埋晒啲山埃貼士，輸死好多人。

貼士是從英文轉譯過來，原文是「tips」，即提示之意。山埃的學名為「氰」，分固態、液態及氣態，固態是白色粉末狀結晶，誤食逾二百毫克，可於半小時內毒發身亡。山埃加鹽可變成氰化納，本身不會燃燒，但遇潮濕空氣或與酸類接觸，則會發生化學反應，釋出劇毒，人體可經呼吸道感染致死。一九五五年六月二十九日，深水埗大埔道五經堂印刷廠，發生山埃中毒案。香港早年的印刷廠有包伙食的傳統，稱為「福食」，是東主提供予僱員的一項福利。事緣當天，五經堂的工友每人科款一元，交予伙頭特別加料煲湯，伙頭到了桂林街一家藥材店買了杜仲、淮山、杞子等七樣藥材，連同豬腳同煲。當日上午十名工友在飲完豬腳湯後，腹痛如絞，伙頭未等到救護車到場，已經喪命，其餘九人送院後，下午八人中毒死亡，唯一生還的余姓工人，幸好只喝了一口湯，因為覺得有苦味便不再喝，而且只吃了兩件豬腳，故得以逃出鬼門關。後來經過警方調查，湯內有山埃成分，可能是伙頭誤把山埃當作梳打粉來洗湯鍋，或者是把山埃當作鹽來調味。山埃在印刷行業中必不可少，該次事故之後，香港的工業山埃必須染成橙紅色，稱為「紅山埃」。亦因為此次不幸事件，香港人才認識山埃這種劇毒，又創造了「山埃貼士」這句俗語。

103

食七咁食

sik6 tsɐt gɐm3 sik6

——大吃大喝。

你睇佢好似餓鬼投胎咁，係度食七咁食。

「食七咁食」是指人吃東西像狼吞虎嚥般，又或譏諷別人饞嘴。這句話原來是由「做七」而來的。《廣東新語》中記載：「吾粵喪禮，亡之七日一祭，至七七而終，或謂七者火之數。」清王應奎《柳南隨筆》：「人生四十九日而魄生，四十九日而魄散。」即是說，人死後最初的四十九日，其魄是逐漸消失。昔日舊俗，家中有人去世後，每七天舉行一次祭悼，至七七四十九天為限。由頭七開始，除了要延請僧尼道士等設壇做法事，還會款待來弔唁的親友，提供酒飯，甚或住宿，有些親友便趁機大吃大喝，喪家家境不甚富裕者，為了面子，往往多方舉債，以應開支。此種大吃大喝的場面，便叫「食七咁食」。

104 冬瓜豆腐——遭遇不測。

duŋ[1] gwa[1] dɐu[6] fu[6]

幾十歲人走去玩笨豬跳，冇乜冬瓜豆腐，問你點算！

昔日有人不幸去世，當出殯儀式完成後，主家便會設解穢酒答謝到場致祭的親友。解穢酒中會有兩道菜，一是用冬瓜做，一是用豆腐做，這兩道菜都是素菜，冬瓜是青色，青者「清」也，豆腐白色，白者「白」也，表示死者在生前一清二白。由於冬瓜豆腐與人去世有關，於是引申為形容遭遇不測。而另一句俗語「瓜老襯」亦和死有關，「瓜」指冬瓜豆腐，遭遇不測，「老」指老壽而終，「襯」（音趁）指棺材，三者加起來即是死人。

105 擺路祭 bai² lou⁶ dzɐi³——通街進食。

啱檔魚蛋幾好生意，人手一串，個個都喺度擺路祭。

「擺路祭」一詞源於古老的喪禮儀式。宋司馬光《書儀》有記載此儀式：「奠於輿所經過者，設酒饌於道左右，望柩將至，賓燒香酹茶酒，祝哭——。」「路祭」自唐已盛行，出殯時親友在靈柩經過處設席張筵，名為「路祭」。《論語・鄉黨》：「沽酒市脯不食」，意即在街市上買來的酒和熟肉不能吃。後來將在街上沿途進食看作有失斯文，嘲為擺路祭。

點解食極都唔飽既？
習習
習習習

106 拉柴——去世。

lai¹ tsai⁴

兩班人喺度火拼，有人揸刀亂咁斬，其中一個走唔切，連中數刀，當堂拉柴。

「拉柴」即死人，此語粗鄙，出諸黑社會中人，已有多年。昔日洪門中人，以柴、草二字指清朝官兵，如擒獲清廷官員，則曰「拉柴」，必處以死刑。後人就以死曰「拉柴」。

107

出盡八寶——想盡辦法。

tsœt[1] dzœn[6] bat[3] bou[2]

場演唱會好難買到票，出盡八寶先至撲到兩張。

八寶指各種傳說中的寶物或法器，可以庇蔭世人。八寶有分佛八寶、道八寶及雜八寶等。佛八寶指佛教傳說中的八件寶物，也稱「八寶吉祥」，都是佛教畫像及器具中常見的物件，包括法螺、法輪、寶傘、花蓋、蓮花、寶瓶、雙魚及盤長，寓意消災滅禍。道八寶以民間傳說中的八仙所持的法器來造型，包括鐵拐李的葫蘆、呂洞賓的寶劍、漢鍾離的扇、韓湘子的笛、曹國舅的陰陽板、藍采和的花籃、張果老的道情筒及荷仙姑的荷花，亦是寓意法力無邊。

而雜八寶通常是在寶珠、磬、祥雲、方勝、犀角杯、琴、棋、書、畫、筆、艾葉、蕉葉、元寶、靈芝、銀錠、銅錢等各種吉祥物中選擇八種組合而成。

所以稱為「出盡八寶」。

108 食得禾米多——長期佔人便宜，終於得到報應。

sik[6] dɐk[1] wɔ[4] mɐi[5] dɔ[1]

你都食得禾米多喇，成日走嚟呢度偷嘢，今次重捉你唔到！

禾米，即稻米，去殼稻穀。宋徐照《廢居行》：「黃金埋藏禾米棄，路上逐日長饑行。」清屈大均《廣東新語．天雨》：「諺曰：冬乾年濕，禾米莫粒。」

南方種植稻米的農民在禾稻成熟收割後，會將稻穀鋪在曬場曬乾，此時會有雀鳥到來啄食。農民會在稻田、穀倉、曬穀場附近設下羅網捕捉麻雀等喜歡啄食穀物的鳥類。每當捕捉到這些雀鳥時，農民就不期然對被捕捉的雀鳥說出：「你都食得禾米多咯。」應用在日常生活中，說某人「食得禾米多」，就是說那人長期佔人便宜，如今得到報應。

109

賓虛咁嘅場面——大場面，人山人海。

bɐn^1 hœy^1 gɐm^3 gɛ^3 tsœŋ^4 min^5

今日會景巡遊，人山人海，真係賓虛咁嘅場面。

賓虛是一套美國荷李活電影，以七十米釐闊銀幕方式拍攝，一九六一年尾在香港上演。故事講述賓虛（由查爾登希士頓飾演）本是一位猶太王子，後被朋友馬沙拉

（由史提芬杯飾演）出賣，淪為奴隸。賓虛幾經磨難，終於重獲自由，向仇人發起了挑戰。片中不乏大場面，特別是壓軸的一場馬車大賽，人聲嘈雜，車仰馬翻的鏡頭影像，令當年的觀眾嘆為觀止。後來，大家一見到人多熱鬧的場面，就會用「賓虛咁嘅場面」來形容。

110

沙漠梟雄——塵夾冇水。

sa¹ mɔk⁶ hiu¹ huŋ⁴

咪睇佢身光頸靚，行出嚟一鋪塵氣，其實空心老倌一名，正一沙漠梟雄，塵夾冇水。

此句亦出自一套外國電影《沙漠梟雄》，以英文直譯為《阿拉伯的勞倫斯》，由英國明星彼德奧圖飾演主角勞倫斯，一九六五年二月十九日在香港上映，非常賣座。電影描述第一次世界大戰時，英國軍官勞倫斯在開羅情報部及英國外交部阿拉伯局任職，期間拉攏阿拉伯部族，協助阿拉伯起義對抗奧斯曼帝國的事蹟。全片大部分外景都在沙漠地區拍攝，只見沙塵，不見水源。因而產生了這句俗語。

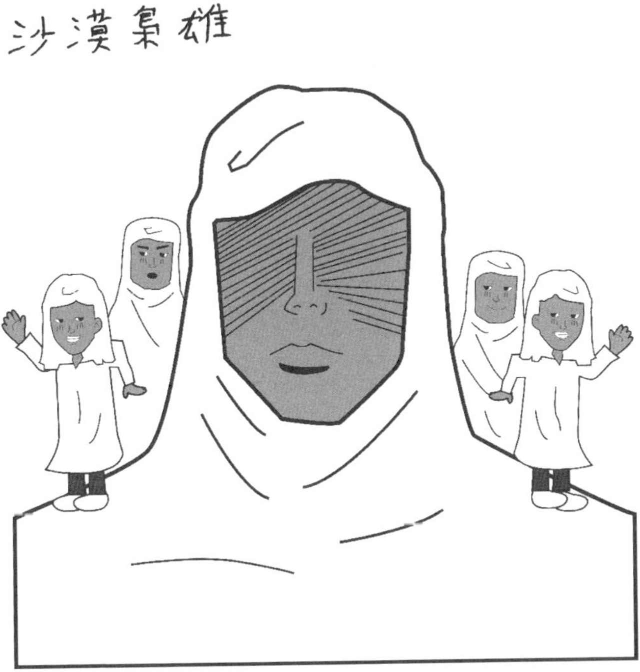
沙漠梟雄

111

花臣 fa^{1} sɐn^{2}——花樣。

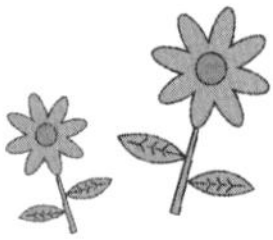

換件衫都咁耐，你搞乜花臣，成村人等緊你！

「花臣」，即花樣、花款，應出自英文「fashion」這個單詞，意即樣子、花式。後來又出現「fashionable person」一詞，意即時髦之士或有型之人。「fashion」演變為花臣，並流傳開來。

112 摩登 mɔ1 dɐŋ1——現代、時髦。

着到咁摩登，當堂後生幾十年。

摩登，即時髦，現代，出自英文「modern」一詞。香港華洋雜處，很多流行用語都是由英文轉譯過來，如多士、巴士等，但以廣州話說出，不帶尾音，如英國球星David Backham，音譯應為大衛碧琴，但香港就譯成碧咸。

113

煙子——尺碼。

jin[1] dzi[2]

呢啲特價衫冇得試身，又冇得換，睇真下個煙子至好買！

「煙子」即英文「inch」。在衫領內有一塊四方的小布，上面印有英文字樣，如「XL」、「L」、「M」、「S」等符號，用以說明此衣服的尺碼。

114

打臣 da2 sen4 —— 跳舞。

咁百厭，教極都唔聽，等我攞條籐條打到你跳打臣。

「打臣」，「dancing」，跳舞，以上的句子意思是「打到跳舞」。亦是由英文單字化為粵音流行語的例子。

115

地哩 dei6 lei5 —— 傳菜。

經理話佢唔識同人客講英文，唔使佢做樓面，調咗佢去做地哩。

你哋是夫頭文
(Ladies, gentlemen)，乳豬到)~~~

「地哩」，指酒樓內的傳菜員，此詞源自英文的「pantry」。「pantry」的意思是指廚房到樓面的一段區域，廣府人譯為「班地哩」。後來因為讀音太長，就簡化為「地哩」，負責將菜餚由廚房送上客人桌上。

116 蛇果（se4 gwɔ2）——蘋果。

呢隻蘋果係金山運嚟，有腳蛇果，特別爽甜。

很多廣府話都有這樣的例子，把英文名詞音譯過來，然後又省去幾個音節，例如有種蘋果，底部有幾個腳凸出來，名為「蛇果」。何解？因為這些蘋果最初從美國運來時，果盒上沒有中文字，只印有「Delicious Apple」，即美味的蘋果；果販將「Delicious Apple」音釋為「地哩蛇果」，後來又嫌四個字太長，就簡稱為「蛇果」。

參考書目

文若雅：《廣州方言古語選釋》，澳門：澳門日報，一九九二。
丘學強：《妙語方言》，香港：中華書局，一九八九。
石人：《廣東話趣談》，香港：博益，一九八三。
石人：《廣東話再談》，香港：博益，一九八四。
吳昊：《懷舊香港話》，香港：創藝文化企業有限公司，一九九〇。
吳昊：《俗文化語言一》，香港：次文化堂，一九九四。
吳昊：《俗文化語言二》，香港：次文化堂，一九九四。
吳昊、張建浩編訂：《香港老花鏡之民情話舊》，香港：皇冠，一九九六。
宋郁文：《俗語拾趣》，香港：博益，一九八五。
阿丁：《趣怪香港話》，香港：香港周刊，一九八九。
莊澤義：《省港民間俗語》，香港：海峰，一九九五。
陳渭泉：《拙中求趣》，澳門：凌智廣告公司，二〇〇一。
彭志銘：《次文化語言》，香港：次文化堂，一九九四。
惠伊深：《字海拾趣》，香港：中華書局，一九九九。
劉天賜：《提防考起》，香港：天地，一九九五。
魯金：《香江舊語》，香港：次文化堂，一九九九。
饒原生：《粵港口頭禪趣談》，香港：洪波出版公司，二〇〇七。

責任編輯：胡卿旋
裝幀設計：胡可蓉
排　　版：胡可蓉
插　　畫：黃卓斌
印　　務：劉漢舉

講開有段古：老餅潮語 II

策劃
萬興之友

編著
蘇萬興

出版
中華書局（香港）有限公司
香港英皇道 499 號北角工業大廈 1 樓 B
電話：（852）2137 2338　傳真：（852）2713 8202
電子郵件：info@chunghwabook.com.hk
網址：http://www.chunghwabook.com.hk

發行
香港聯合書刊物流有限公司
香港新界荃灣德士古道 220-248 號
荃灣工業中心 16 樓
電話：（852）2150 2100　傳真：（852）2407 3062
電子郵件：info@suplogistics.com.hk

印刷
美雅印刷製本有限公司
香港觀塘榮業街 6 號海濱工業大廈 4 樓 A 室

版次
2015 年 2 月初版
2024 年 6 月第 5 次印刷

規格
正 32 開（185 mm x 130mm）

ISBN：978-988-8310-76-0